El gato negro

El gato negro

Edgar
Allan Poe

Biblioteca de EL SOL

Cubierta: Rodrigo Sánchez, sobre dibujo de Ricardo Salvador

ISBN : 84-7969-152-2
Depósito legal: M. 30.674-1991
Impreso por: Rivadeneyra, S. A.

EDGAR ALLAN POE

Sólo cuarenta años abarca la vida de Edgar Allan Poe. Nació en Boston en 1809 y murió en Baltimore en 1849. Era hijo de actores y quedó abandonado al poco de venir al mundo. Tuvo una biografía estigmatizada por el sexo y el alcohol. Fue un estudiante bohemio, un soldado irreprochable (ingresó en la Academia Militar de West Point), un periodista brillante y un perspicaz asesor literario. De fino cabello, ojos grandes, piel pálida y elegancia cuidada —«no seguía la moda sino que tenía su propio estilo»—, padeció el asedio amoroso y la tragedia afectiva.

Tocó la genialidad en un poema, *El cuervo*, creó un personaje novelesco, Arturo Gordon Pym, dos años antes de morir publicó un ensayo, *Eureka*, y escribió hasta 67 cuentos, de los que muchos forman parte del acervo literario universal: *El demonio de la perversidad, Ligeia, El escarabajo de oro, La caída de la casa Usher* y *Los crímenes de la calle Morgue.*

El gato negro

No espero ni pido que nadie crea el extravagante pero sencillo relato que me dispongo a escribir. Loco estaría, de veras, si lo esperase, cuando mis sentidos rechazan su propia evidencia. Sin embargo, no estoy loco, y ciertamente no sueño. Pero mañana moriré, y hoy quiero aliviar mi alma. Mi propósito inmediato es presentar al mundo, clara, sucintamente y sin comentarios, una serie de episodios domésticos. Las consecuencias de estos episodios me han aterrorizado, me han torturado, me han destruido. Sin embargo, no trataré de interpretarlos. Para mí han significado poco, salvo el horror, a muchos les parecerán más barrocos que terribles. En el futuro, tal vez aparezca alguien cuya inteligencia reduzca mis fantasmas a lugares comunes, una inteligencia más tranquila, más lógica y mucho menos excitable que la mía, capaz de ver en las circunstancias, que detallo con temor, sólo una sucesión ordinaria de causas y efectos muy naturales.

Desde la infancia me distinguía por la docilidad y humanidad de mi carácter. La ternura de mi corazón era incluso tan evidente, que me convertía en objeto de burla para mis compañeros. Sobre todo, sentía un gran afecto por los animales, y mis padres me permitían tener una gran variedad. Pasaba la mayor parte de mi tiempo con ellos y nunca me sentía tan feliz como cuando les daba de comer y los acariciaba. Este rasgo de mi carácter crecía conmigo y, cuando ya era hombre, me proporcionaba una de mis principales fuentes de placer. Aquellos que han sentido afecto por un perro fiel y sagaz no necesitan que me moleste en explicarles la naturaleza ni la intensidad de la satisfacción así recibida. Hay algo en el generoso y abnegado amor de un animal que llega directamente al corazón de aquel que con frecuencia ha probado la mezquina amistad y frágil fidelidad del *hombre.*

Me casé joven y tuve la alegría de descubrir que mi mujer tenía un carácter no incompatible con el mío. Al observar mi preferencia por los animales domésticos, ella no perdía oportunidad de conseguir los más agradables de entre ellos. Teníamos pajaritos, peces de colores, un hermoso perro, conejos, un mono pequeño y *un gato.*

Este último era un hermoso animal, notablemente grande, completamente negro y de una sagacidad asombrosa. Al referirse a su inteligencia, mi mujer, que en el fondo era un poco supersticiosa, aludía con frecuencia a la antigua creencia popular de que todos los gatos negros eran brujas disfrazadas. No quiero decir que lo creyera *en serio,* y sólo menciono el asunto porque lo he recordado ahora por casualidad.

Pluto —tal era el nombre del gato— era mi predilecto y mi camarada. Sólo yo le daba de comer, y él me acompañaba en casa por todas partes. Incluso me resultaba difícil impedir que me siguiera por las calles.

Nuestra amistad duró, así, varios años, en el transcurso de los cuales mi temperamento y mi carácter, por medio del demonio Intemperancia (y enrojezco al confesarlo), habían empeorado radicalmente. Día a día me fui volviendo más irritable, malhumorado e indiferente hacia los sentimientos ajenos. Me permitía usar palabras duras con mi mujer. Por fin, incluso llegué a infligirle violencias personales. Mis animales, por supuesto, sintieron también el cambio de mi carácter. No sólo los descuidaba, sino que llegué a hacerles daño. Hacia *Pluto,* sin embargo, aún sentía el suficiente respeto como para abstenerme de maltratarlo, como hacía, sin escrúpulos, con los conejos, el mono y hasta el perro, cuando por accidente, o por afecto, se cruzaban en mi camino. Pero mi enfermedad empeoraba —pues ¿qué enfermedad es comparable al alcohol?—, y al fin incluso *Pluto*, que entonces envejecía y, en consecuencia, se ponía irritable, incluso *Pluto* empezó a sufrir los efectos de mi mal humor.

Una noche, al regresar a casa, muy embriagado, de uno de mis lugares predilectos del centro de la ciudad, me imaginé que el gato evitaba mi presencia. Lo agarré y, asustado por mi violencia, me mordió levemente en la mano. Al instante se apoderó de mí la furia de un demonio. Ya no me reconocía a mí mismo. Mi alma original pareció volar de pronto de mi cuerpo; y una malevolencia, más que diabólica, alimentada por la ginebra, estremeció cada fibra de mi ser. Saqué del bolsillo del chaleco un cortaplumas, lo abrí, sujeté a la pobre bestia por la garganta y ¡deliberadamente le saqué un ojo! Siento vergüenza, me abraso, tiemblo mientras escribo de aquella condenable atrocidad.

Cuando con la mañana mi razón retornó, cuando con el sueño se habían pasado los vapores de la orgía nocturna, experimenté un sentimiento de horror mezclado con remordimiento ante el crimen del que era culpable, pero sólo era un sentimiento débil y equívoco, y no llegó a tocar mi alma. Otra vez me hundí en los excesos y pronto ahogué en vino todo recuerdo del acto.

Entretanto, el gato mejoraba lentamente. La cuenca del ojo perdido tenía, sin duda, un aspecto horrible, pero el animal no parecía sufrir ya. Se paseaba, como de costumbre, por la casa; pero, como era de esperar, huía presa del pánico cuando me acercaba a él. Aún quedaban en mí, al principio, gran parte de mis antiguos sentimientos como para sentirme agraviado por la evidente antipatía de un animal que una vez me había querido tanto. Pero ese sentimiento pronto cedió paso a la irritación. Y entonces se presentó, como para mi derrota final e irrevocable, el espíritu de la PERVERSIDAD. La filosofía no tiene en cuenta a este espíritu. Sin embargo, estoy tan seguro de que mi alma existe como de que la perversidad es uno de los impulsos primitivos del corazón humano..., una de las facultades o sentimientos primarios indivisibles, que dirigen el carácter del hombre. ¿Quién no se ha encontrado cien veces cometiendo una acción malvada o tonta por la simple razón de que se sabe que *no debía* cometerla? ¿No tenemos una tendencia permanente, en contra de nuestro buen sentido, a transgredir lo que constituye *la Ley,* simplemente por el hecho de serlo? Este espíritu de la perversidad, como he dicho, causó mi derrota final. Era aquel insondable anhelo que tenía el alma de acosarse, de violentar su propia naturaleza, de hacer el mal por el mal mismo, lo que me empujó a continuar y finalmente a consumar el agravio que había infligido al inocente animal. Una mañana, a sangre fría, le pasé un lazo por el pescuezo y lo ahorqué en la rama de un árbol, lo ahorqué mientras las lágrimas me brotaban de los ojos y el más amargo remordimiento me apretaba el corazón; lo ahorqué *porque* sabía que me quería, y *porque* creía que no me había dado motivos para sentirme ofendido; lo ahorqué *porque* sabía que al hacerlo cometía un pecado, un pecado mortal que pondría en tal peligro mi alma, que la llevaría —si ello fuera posible— más allá del alcance de la misericordia del Dios más misericordioso y más terrible.

La noche del día en que cometí ese acto cruel me despertaron gritos de «¡Fuego!». Las cortinas de mi cama estaban en llamas. La casa entera ardía. Con gran dificultad pudimos escapar del incendio mi mujer, un sirviente y yo. Todo quedó destruido. Mis bienes terrenales se perdieron y, desde entonces, me resigné a la desesperación.

Estoy por encima de la debilidad de intentar establecer una relación de causa y efecto entre el desastre y la atrocidad que cometí. Me limito a detallar una cadena de hechos, y no quiero dejarme ni un posible eslabón. Al día siguiente del incendio visité las ruinas. Todas las paredes, salvo una se habían desplomado. La que quedaba en pie era un tabique, de poco espesor, situado en el centro de la casa y contra el cual se apoyaba la cabecera de mi cama. El yeso del tabique había resistido, en gran medida, la acción del fuego, cosa que atribuí a su reciente aplicación. Una apretada muchedumbre se había reunido alrededor de esta pared y varias personas parecían examinar parte de la misma atenta y minuciosamente. Las palabras «¡extraño!, ¡raro!» y otras expresiones semejantes despertaron mi curiosidad. Me acerqué al lugar y vi, como grabada en bajorrelieve sobre la blanca superficie, la figura de un gigantesco *gato*. La imagen mostraba una precisión verdaderamente maravillosa. Había una cuerda alrededor del pescuezo del animal.

Al contemplar por primera vez esta aparición —porque apenas podía considerarla otra cosa—, mi asombro y mi terror eran extremos. Pero al fin la reflexión vino en mi ayuda. El gato, como recordé, había quedado ahorcado en el jardín, cerca de la casa. Cuando sonó la alarma del incendio, este jardín fue invadido inmediatamente por la muchedumbre y alguien debía de haber cortado la cuerda y tirado el animal en mi habitación por la ventana abierta. Seguramente lo había hecho con la intención de despertarme. La caída de las otras paredes había empotrado a la víctima de mi crueldad en la masa de yeso recién aplicada, cuya cal, junto con las llamas y el amoníaco desprendido del cadáver, había producido entonces la imagen tal y como yo la vi.

Aunque así fácilmente, estas explicaciones calmaron mi razón, si no enteramente mi conciencia, sobre el asombroso hecho que acabo de describir, lo ocurrido no dejó de impresionar profundamente mi imaginación. Durante meses no pude librarme del fantasma del gato y en todo este período mi espíritu experimentó un vago sentimiento que recordaba, sin serlo, el remordimiento. Llegué incluso a lamentar la pérdida del gato y a buscar en los envilecidos lugares que habitualmente frecuentaba otro animal de la misma especie y de una apariencia semejante, que pudiera ocupar su lugar.

Una noche, mientras estaba sentado, medio borracho, en una más que infame taberna, de pronto me llamó la atención un objeto negro que yacía sobre la tapa de uno de los enormes toneles de ginebra o de ron, que constituían el principal mobiliario del lugar. Durante algunos minutos yo había estado mirando fijamente la parte superior de ese tonel, y lo que me sorprendió entonces fue el hecho de no haber visto antes el objeto que se hallaba encima. Me acerqué a él y lo toqué con la mano. Era un gato negro, un gato muy grande, tan grande como *Pluto* y con un gran parecido a él en todos los aspectos, salvo en uno. *Pluto* no tenía ni un pelo blanco en el cuerpo, pero este gato mostraba una mancha blanca, grande aunque indefinida, que le cubría casi todo el pecho.

Cuando lo toqué, se levantó en seguida, empezó a ronronear con fuerza, se restregó contra mi mano y pareció encantado de mis atenciones. Este era, pues, el animal que andaba buscando. Inmediatamente propuse comprárselo al tabernero, pero esa persona me dijo que no era dueño, que no sabía nada del gato, y que nunca antes lo había visto.

Seguí acariciando el gato y, cuando me levanté para marcharme a casa, el animal se mostró dispuesto a acompañarme. Le permití que lo hiciera, y a ratos me inclinaba y lo acariciaba mientras venía a mi lado.

Cuando estuvo en casa se acostumbró en seguida y pronto llegó a ser el gran favorito de mi mujer.

Por mi parte en seguida descubrí que surgía de mí una antipatía hacia el animal. Era exactamente lo contrario de lo que yo había esperado, pero sin que sepa cómo ni por qué ocurría, su evidente afecto por mí me disgustaba y me irritaba. Lentamente tales sentimientos de disgusto y molestia se transformaron en la amargura del odio. Evitaba encontrarme con el animal; una cierta vergüenza y el recuerdo de mi acto de crueldad me prohibían abusar de él físicamente. Durante algunas semanas no le pegué ni lo maltraté con violencia; pero gradualmente, muy gradualmente, llegué a sentir una inexpresable repugnancia por él y a huir en silencio de su odiosa presencia, como si escapara de la emanación de la peste.

Lo que, sin duda, aumentaba mi odio hacia el animal fue el descubrimiento, a la mañana siguiente de haberlo traído a casa, de que aquel gato, igual que *Pluto,* había perdido uno de sus ojos. Sin embargo, precisamente esta circunstancia lo hizo más querido de mi mujer, quien como ya he dicho, poseía en alto grado esos sentimientos humanitarios que una vez habían sido el rasgo distintivo de mi temperamento y la fuente de muchos de mis más simples y puros placeres.

Con mi aversión hacia el gato, su cariño por mí parecía a la vez aumentar. Seguía mis pasos con una pertinacia que me sería difícil hacer comprender al lector. Dondequiera que me sentara venía a agazaparse bajo mi silla o saltaba a mis rodillas, cubriéndome con sus repugnantes caricias. Si me levantaba a pasear, se metía entre mis pies, y así, casi, me hacía caer, o clavaba sus largas y afiladas garras en mi ropa y de esa forma trepaba hasta mi pecho. En aquellos momentos, aunque ansiaba destruirlo de un golpe, me sentía, no obstante, refrenado; en parte por la memoria de mi crimen anterior, pero principalmente —déjenme confersarlo ya— por un terrible *temor* al animal.

No era exactamente aquel temor miedo a un mal físico, y, sin embargo, no sabría cómo definirlo de otro modo. Me siento casi avergonzado de admitir, sí, incluso ahora, desde esta celda para criminales, casi me siento avergonzado de admitir que el terror y el horror que aquel animal me causaba habían sido alimentados por una de las más insignificantes quimeras que fuera posible concebir. Más de una vez, mi mujer me había llamado la atención sobre el aspecto de la mancha de pelo blanco, de la cual ya he hablado, y que constituía la única diferencia visible entre esa extraña bestia y la que yo había matado. El lector recordará que esta mancha, aunque era grande, había sido al principio muy indefinida, pero, gradualmente, casi imperceptiblemente, forma de que mi razón luchó durante largo tiempo para rechazar ese cambio como imaginario, la mancha fue adquiriendo una rigurosa nitidez en sus contornos. Era ya la imagen de un objeto que tiemblo al nombrar —y por ello sobre todo odiaba, temía y me habría librado del monstruo si *me hubiese atrevido* a hacerlo—, era, digo, la imagen de una cosa atroz, horrible, ¡la imagen del patíbulo! ¡Oh, fúnebre y terrible máquina del horror y del crimen, de la agonía y de la muerte!

Y entonces sentía de veras sobre mí una desgracia mayor que la simple desgracia humana. ¡Y pensar que una *bestia,* cuyo semejante yo había destruido desdeñosamente, una *bestia* podía obrar sobre mí, sobre mí, un hombre creado a imagen y semejanza de Dios, tanta insufrible miseria! ¡Ay, ni de día ni de noche conocía ya la bendición del descanso! De día el animal no me dejaba en paz ni un momento, y de noche despertaba yo sobresaltado por sueños de indescriptible terror para sentir el ardiente aliento de *aquella cosa* en mi cara y su enorme peso —encarnada pesadilla que no tenía yo el poder de quitarme de encima— descansando eternamente sobre mi *corazón.*

Bajo la opresión de tormentos como éstos, sucumbió en mí el débil vestigio del bien. Ya mis únicos acompañantes íntimos eran pensamientos malvados, los más oscuros y los más malignos pensamientos. El mal humor de mi disposición habitual creció hasta convertirse en un odio a todas las cosas y a toda la humanidad; y mi mujer, que de nada se quejaba, era la más habitual y más paciente víctima de las repentinas, frecuentes e incontrolables explosiones de furia a que me abandonaba entonces ciegamente.

Un día ella me acompañó, cuando iba a algún quehacer doméstico, al sótano de la vieja casa donde nuestra pobreza nos obligaba a vivir. El gato me siguió mientras bajaba la empinada escalera y casi me hizo caer cabeza abajo, lo cual me exasperó hasta la locura. Alzando un hacha y olvidando, en mi rabia, el temor infantil que hasta entonces había detenido mi mano, lancé un golpe que hubiera causado la muerte instantánea del animal, de haber caído como deseaba. Pero la mano de mi mujer detuvo el golpe. Provocado por su intervención, estalló en mí una rabia más que demoníaca; logré soltar mi brazo de su mano y le hundí el hacha en la cabeza. Cayó muerta a mis pies, sin un quejido.

Consumado el horrible asesinato, me dedique deliberadamente a la tarea de ocultar el cuerpo. Sabía que no podía sacarlo de casa, ni de día ni de noche, sin correr el riesgo de que los vecinos me vieran. Se me ocurrieron varias ideas. Por un momento pensé el cortar el cadáver en pequeños trozos y destruirlos con el fuego. En otro momento decidí cavar una tumba en el suelo del sótano. Luego consideré si debía arrojarlo al pozo del jardín, o meterlo en una caja, como si fueran mercancías, y, con los trámites normales, llamar a un mozo de cuerda para que lo retirase de la casa. Por fin encontré lo que me pareció un recurso mucho mejor que cualquiera de éstos. Decidí emparedar el cadáver en el sótano, tal como se cuenta que los monjes de la Edad Media hacían con sus víctimas.

Para un propósito semejante el sótano era idóneo. Las paredes no habían sido sólidamente construidas y se les había aplicado una capa de yeso basto, que la humedad del ambiente no había dejado endurecer. Además, en una de las paredes había un saliente, motivado por una falsa chimenea, que se había rellenado de forma que se pareciera al resto del sótano. No tenía dudas de que fácilmente podía quitar los ladrillos de esa parte, introducir el cadáver y taparlo todo como antes, de manera que ninguna mirada pudiera descubrir nada sospechoso.

Y mis cálculos no me desilusionaron. Con una palanca saqué fácilmente los ladrillos, y después de colocar con cuidado el cuerpo contra la pared interior, lo apuntalé en esa posición y casi sin dificultad volví a colocar los ladrillos en la forma original. Después de procurarme argamasa, arena y cerda, preparé con la mayor precaución posible un yeso que no se podía distinguir del antiguo, y revoqué cuidadosamente, de nuevo, el enladrillado. Cuando acabé, me sentí satisfecho de que todo hubiera quedado bien. La pared no mostraba la menor señal de haber sido alterada. Recogí del suelo los desechos con el más minucioso de los cuidados. Triunfante, miré alrededor y me dije: «Aquí, por lo menos, no he trabajado en vano.»

Mi paso siguiente consistió en buscar a la bestia que había sido la causa de tanta desdicha; porque al fin me sentí firmemente resuelto a matarla. Si hubiera podido encontrar el gato en ese momento, su destino habría quedado para siempre sellado; pero, por lo visto, el astuto animal, alarmado por la violencia de mi anterior acceso de cólera, se negaba a presentarse mientra yo siguiera de mal humor. Es imposible describir, ni imaginar, el profundo y dichoso sentimiento de alivio que la ausencia del odiado animal trajo a mi pecho. No apareció aquella noche, y así al menos durante la noche, por primera vez desde su llegada a la casa, pude dormir profunda y tranquilamente; ¡sí, pude *dormir,* incluso con el peso del asesinato sobre mi alma!

Pasaron el segundo y el tercer día, y aún no volvía mi atormentador. Una vez más respiraba como un hombre libre. ¡El monstruo aterrorizado había huido del lugar para siempre! ¡No volvería a verlo jamás! ¡Mi felicidad era suprema! La culpa de mi negro acto me molestaba poco. Se habían hecho algunas indagaciones, pero éstas hallaron respuesta sin dificultad. Incluso habían registrado la casa, pero, por supuesto, no se descubrió nada. Yo consideraba asegurada mi felicidad futura.

Al cuarto día, después del asesinato, un grupo de policías entro en la casa intempestivamente y procedió otra vez a una rigurosa investigación. Seguro de que mi lugar de ocultación era inescrutable, no sentí la menor inquietud. Los agentes me pidieron que los acompañara en su registro. No dejaron ningún rincón ni escondrijo sin explorar. Al fin, por tercera o cuarta vez, bajaron al sótano.

No me temblaba ni un solo músculo. Mi corazón latía tranquilamente como el de quien duerme en la inocencia. Me paseaba de un lado a otro del sótano. Crucé los brazos sobre el pecho y me puse a dar vueltas despreocupadamente. Los policías quedaron totalmente satisfechos y se disponían a marcharse. El júbilo de mi corazón era demasiado fuerte para ser reprimido. Ardía en deseos de decirles, al menos, una palabra como prueba de triunfo, y de asegurar doblemente su certidumbre sobre mi inocencia.

—Caballeros —dije, por fin, cuando el grupo subía la escalera—, me alegro de haber disipado sus sospechas. Les deseo a todos felicidad y un poco más de cortesía. Por cierto, caballeros, esta es una casa muy bien construida —en mi rabioso deseo de decir algo con naturalidad no me daba completa cuenta de mis palabras—, me permito decir que es una casa de *excelente* construcción. Estas paredes (¿ya se marchan ustedes, caballeros?), estas paredes son de gran solidez —y entonces, empujado por el puro frenesí de mis bravatas, golpeé pesadamente con el bastón que llevaba en la mano sobre esa misma parte de la pared de ladrillo detrás de la cual se hallaba el cadáver de la esposa de mi alma.

¡Que Dios me proteja y me libre de las garras del

archidemonio! Apenas se había silenciado la repercusión de mis golpes, cuando ¡una voz me contestó desde dentro de la tumba! Un quejido, al principio ahogado y entrecortado como el sollozar de un niño, que luego creció rápidamente hasta transformarse en un largo fuerte y continuo grito, totalmente anómalo e inhumano, un aullido, un quejumbroso alarido, mezcla de horror y triunfo, como sólo pudiera surgir en el infierno, al unísono, de la garganta de los condenados en su agonía y de los demonios gozosos en la condenación.

Hablar de mis propios pensamientos de entonces es un disparate. Desmayándome, di unos tambaleantes pasos hacia la pared de enfrente. Por un instante el grupo de hombres, en la escalera, quedó inmóvil, preso de un extremo y espantoso terror. Al momento, una docena de fuertes brazos trabajan en la pared. Cayó de una pieza. El cadáver, ya muy corrompido y cubierto de sangre coagulada, apareció erguido ante los ojos de los espectadores. Sobre su cabeza, con la roja boca abierta y el solitario ojo como de fuego, estaba agazapada la horrible bestia cuya astucia me había inducido al asesinato y cuya voz delatora me entregaba ahora al verdugo. ¡Había emparedado al monstruo en la tumba!

Manuscrito hallado en una botella

Qui n'a plus qu'un moment à vivre
N'à plus rien à dissimuler.

QUINAULT, *Atys*

De mi país y mi familia poco tengo que contar. El trato injusto y el paso de los años me alejaron del uno y me distanciaron de la otra. Una considerable herencia me permitió recibir una preparación poco común, y la inclinación contemplativa de mi ánimo me facilitó la ordenación metódica de los conocimientos que mis tempranos estudios habían ido acumulando asiduamente. Más que cualquier otra cosa, el estudio de los moralistas alemanes me ofrecía un gran placer, no porque equivocadamente admirase yo su elocuente locura, sino por la facilidad con que mis hábitos de pensamiento estricto me permitían descubrir sus falsedades. Se me ha reprochado con frecuencia la aridez de mi espíritu; la falta de imaginación se me ha imputado como un crimen; y el pirronismo de mis opiniones me ha dado fama en todo momento. En realidad temo que mi fuerte predilección por la filosofía física haya impregnado mi mente de un error muy frecuente en nuestra época, me refiero a la costumbre de atribuir todo suceso, incluso el menos susceptible de tal atribución, a los principios de aquella ciencia. En general, nadie podría econtrarse menos expuesto que yo al peligro de salirse de los severos límites de la verdad, seducido por los *ignes fatu* de la superstición. Me ha parecido apropiado establecer esta premisa, para que el increíble relato que he de narrar no sea considerado el desvarío de una tosca imaginación en vez de la experiencia positiva de una inteligencia para la cual los ensueños de la Fantasía han sido letra muerta y nula.

Después de pasar largos años viajando por el extranjero, en el año 18 me embarqué en el puerto de Batavia, ciudad de la rica y populosa isla de Java, para hacer un viaje al archipiélago de las islas de la Sonda. Iba como pasajero, sin otro motivo que una especie de inquietud nerviosa que me perseguía como si fuera un espíritu.maligno.

Nuestro barco era un hermoso navío de unas cuatrocientas toneladas, tenía remaches de cobre y había sido construido en Bombay, de madera de teca de Malabar. Transportábamos una carga de algodón y aceite de las islas Laquedivas. También llevábamos a bordo bonote, azúcar de palmera, manteca clarificada de leche de búfalo, cocos y unos cajones de opio. El arrumaje había sido torpemente hecho y, por lo tanto, el barco aguantaba poca vela.

Partimos con poco viento, y durante muchos días navegamos por la costa oriental de Java, sin otro incidente para paliar la monotonía de nuestro derrotero que el encuentro ocasional con algunos de los pequeños *grabs* del archipiélago a donde nos dirigíamos.

Una tarde, mientras me encontraba apoyado en el coronamiento, observé una muy extraña nube hacia el noroeste. Era notable tanto por su color como por ser la primera que habíamos visto desde nuestra partida de Batavia. Estuve mirándola con gran atención hasta la puesta del sol, cuando de pronto se extendió hacia el este y el oeste, ciñendo el horizonte con una estrecha franja de vapor que parecía una línea de costa baja. En seguida me llamó la atención el color rojizo oscuro de la Luna y la extraña apariencia del mar. Este pasaba por un cambio rápido y el agua parecía más transparente que de costumbre. Aunque podía distinguir el fondo claramente, sin embargo, al echar la sonda, descubrí que el barco se hallaba en quince brazas. El aire se había vuelto intolerablemente cálido y se llenaba de exhalaciones en espiral semejantes a las que despide el hierro candente. Mientras caía la noche, hasta el último soplo de viento se extinguía, y hubiera sido imposible concebir calma más absoluta. La llama de una vela colocada en la popa brillaba sin oscilación visible, y un pelo largo, sostenido entre el índice y el pulgar, colgaba sin que fuera posible descubrir la menor vibración. No obstante, como el capitán dijo que veía indicación de peligro y como evidentemente estábamos derivando hacia la costa, mandó aferrar las velas y echar el ancla. No se montó la guardia, y la tripulación, formada principalmente por malayos, se tendió a descansar sobre la cubierta. Bajé a la cámara, no sin sentir un claro presentimiento del mal. En realidad, todas las apariencias justificaban mis aprensiones de un huracán. Comuniqué mis temores al capitán, pero él no hizo caso de mis palabras y se alejó sin dignarse darme una respuesta. Mi inquietud, sin embargo, no me permitía dormir, y alrededor de medianoche subí a cubierta. Mientras apoyaba el pie en el último peldaño de la escalera de toldilla, me sobresaltó un fuerte rumor como el zumbido que produce una rueda de molino girando rápidamente, y antes de que pudiera captar el significado del ruido descubrí que la embarcación temblaba hasta su centro. Al instante, un mar de espuma escoró el barco y, atravesándolo de proa a popa, barrió por entero las cubiertas.

La extremada furia de la ráfaga resultó ser, en

gran medida, la salvación del barco. Aunque se encontraba totalmente sumergido, no obstante, como sus mástiles se fueron por la borda, después de un minuto surgió lentamente del mar, y vacilando bajo la inmensa presión de la tempestad, por fin se enderezó.

Me es imposible decir por qué milagro escapé de la destrucción. Aturdido por el choque del agua, me encontré, después de volver en mí, apresado entre el codaste y el timón. Con gran dificultad me puse en pie, y mirando a mi alrededor, mareado, lo primero que me impresionó fue la idea de que nos encontrábamos entre los rompientes, porque la vorágine formada por las montañas de espuma y agua en que estábamos sumidos sobrepasaba en terror la creada por la más alocada imaginación. Después de un rato oí la voz de un viejo sueco, que había embarcado con nosotros en el momento en que el barco partía del puerto. Le llamé con todas mis fuerzas, y al poco rato vino tambaleándose a popa. Pronto descubrimos que éramos los únicos supervivientes del accidente. Todos los que se encontraban en cubierta, a excepción de nosotros, habían sido barridos y lanzados por la borda; el capitán y los oficiales debían de haber perecido mientras dormían, porque los camarotes estaban inundados. Sin ayuda, no podíamos esperar hacer mucho para salvar el barco, y al principio nuestros esfuerzos estaban paralizados por el miedo a zozobrar en cualquier momento. El cable del ancla, por supuesto, se había roto como un bramante al primer soplo del huracán, de lo contrario nos hubiéramos hundido en un momento. Corríamos con terrible velocidad delante del viento y el oleaje rompía sobre la cubierta. El armazón de popa estaba muy destrozado y en muchos aspectos el barco había sido dañado, pero con gran alegría descubrimos que las bombas no estaban atascadas y que no se había desplazado el lastre. Ya había pasado la furia del huracán, y pocos peligros temíamos de la violencia del viento, pero nos inquietaba que cesara por completo, pues creíamos que dada la desastrosa condición del barco pereceríamos en el tremendo oleaje que se seguiría de inmediato. Sin embargo, esta legítima aprensión no parecía que de ninguna manera fuera a verse prontamente verificada. Durante cinco días y cinco noches, en el transcurso de los cuales nuestro único alimento fue una pequeña cantidad de azúcar de palmera conseguida con gran dificultad en el castillo de proa, el maltratado barco voló a una velocidad que desafiaba toda medida, impulsado por sucesivas ráfagas de viento, que aun sin igualar la primera violencia del huracán eran más aterradoras que cualquier tempestad que hubiera visto antes. Nuestro rumbo, con pequeñas variaciones, durante los primeros cuatro días fue sureste; debíamos de haber pasado delante de la costa de Nueva Holanda. Al quinto día el frío se hizo extremo, aunque el viento había girado un punto hacia el norte. El sol se alzó con un brillo amarillo enfermizo, y subió muy pocos grados por encima del horizonte, sin emitir una luz decisiva. No se veían nubes, aunque el viento arreciaba y soplaba con una furia inconstante e irregular. Hacia mediodía, según la aproximación con que podíamos adivinar la hora, otra vez nos llamó la atención la apariencia del sol. No daba luz que mereciera propiamente tal nombre, sino un resplandor apagado y tétrico sin reflejos, como si estuvieran polarizados todos sus rayos. Poco antes de sumergirse en el henchido mar se apagaron sus fuegos centrales, como si los extinguiera de repente algún inexplicable poder. Sólo era un pálido contorno plateado mientras se precipitaba al insondable mar.

En vano esperamos la llegada del sexto día... Ese día aún no ha llegado para mí, y para el sueco no llegó jamás. Desde entonces estuvimos envueltos en una negra oscuridad, hasta tal punto que no hubiéramos podido ver un objeto a veinte pasos del barco. La noche eterna continuó rodeándonos, sin el alivio de aquella luminosidad fosfórica del mar que solíamos ver en la zona tropical. También observamos que, si bien la tempestad seguía bramando con violencia no disminuida, ya no se veía la apariencia de oleaje, o de espuma, que antes nos había circundado. Alrededor de nosotros todo era horror y tenebrosidad profunda y un negro y moribundo desierto de ébano. Un terror supersticioso se insinuaba gradualemente en el ánimo del viejo sueco, y mi propia alma estaba envuelta en un asombro silencioso. Descuidamos toda atención al barco, por considerarla completamente inútil, y después de atarnos tan bien como pudimos al tocón del palo de mesana, mirábamos amargamente hacia aquel mundo del acéano. No teníamos medios de calcular el paso del tiempo, ni podíamos adivinar nuestra posición. Sin embargo, éramos conscientes de haber llegado más hacia el sur de lo que fuera cualquier otro navegante antes, y experimentamos gran asombro al no encontrar los acostumbrados obstáculos de hielo. Mientras tanto, cada momento amenazaba con ser el último para nosotros, cada oleada montañosa se apresuraba a hundirnos. El oleaje sobrepasaba todo lo que yo había antes imaginado como posible, y es un milagro que no fuéramos sumergidos al instante. Mi compañero habló de la ligereza de nuestro cargamento y me recordó las excelentes cualidades de nuestro barco, pero yo no podía evitar un sentimiento de completa desesperanza de la esperanza misma, y melancólicamente me preparé para esa muerte que en mi opinión nada podía retrasar más de una hora, ya que cada nudo que avanzaba el barco el oleaje de las prodigiosas aguas negras se hacía más funestamente pasmoso. A veces nos quedábamos casi sin aliento a una altura más elevada que la del albatros, a veces nos mareábamos con la velocidad del descenso hacia algún infierno acuoso, donde el aire quedaba estancado y ningún sonido molestaba el sueño de los *krakem*.

Nos encontrábamos en el fondo de uno de estos abismos, cuando un repentino grito de mi compañero se alzó horriblemente en la noche. «¡Mira! ¡Mira! —gritó, chillando en mi oído—. ¡Dios todopoderoso! ¡Mira, mira, mira!» Mientras hablaba, me di cuenta de que un lúgubre y apagado resplandor de luz roja fluía por las laderas del enorme abismo en donde nos hallábamos, y arrojaba un brillo vacilante sobre nuestra cubierta. Levantando los ojos contemplé un espectáculo que heló la corriente de mi sangre. A una terrorífica altura, justo encima de nosotros, y sobre el mismo borde del empinado descenso, flotaba un gigantesco buque de quizá cuatro mil toneladas. Aunque levantado sobre la cumbre de una ola de más de cien veces su propia altura, su tamaño aparente aún excedía el de cualquier buque de guerra o de la Compañía de Indias Orientales. Su enorme casco era de un profundo negro deslustrado, sin ninguno de los acostumbrados adornos de un navío. De las portañolas abiertas se proyectaba una sola fila de cañones de bronce, de cuyas superficies se desprendían los fuegos reflejados de innumerables linternas de combate que se balanceaban entre las jarcias. Pero lo que más nos inspiraba horror y asombro era que el buque tomaba rumbo a sotavento con todas las velas desplegadas en medio de aquel mar sobrenatural y aquel huracán ingobernable. Cuando lo descubrimos al principio sólo podía verse la proa mientras se elevaba lentamente desde el tenebroso y horrible golfo que quedaba detrás. Por un momento de intenso terror quedó parado el barco sobre la vertiginosa cima, como si estuviera contemplando su propia grandeza; y entonces tembló y vaciló y... se precipitó hacia abajo.

En aquel instante no sé qué repentina serenidad se apoderó de mi espíritu. Tambaleando me situé tan a la popa como pude y esperé sin miedo la destrucción que nos sobrevenía. Nuestro propio navío por fin dejaba de luchar e iba zozobrando con la proa sumergida en el mar. Por lo tanto, la masa descendente chocó con el barco en esa parte de su armazón que ya estaba hundida y el resultado inevitable fue arrojarme, con irresistible violencia, sobre las jarcias del buque desconocido.

En el momento de mi caída, el barco vaciló y viró, y atribuí a la confusión reinante el que yo pasara inadvertido a los ojos de la tripulación. Con no mucha dificultad me abrí camino hacia la escotilla principal que estaba medio abierta y pronto encontré la oportunidad de esconderme en la cala. Apenas podría decir por qué lo hice. Un vago sentimiento de admiración temerosa que se había apoderado de mi mente, cuando miré por primera vez a los tripulantes, fue quizá el motivo de que me ocultara. No estaba dispuesto a confiarme a una raza de gentes que, después de la superficial ojeada que había podido echarles, producían en mí tanta extrañeza, duda y aprensión. Por eso pensé que era apropiado buscar un escondrijo en la cala. Lo conseguí quitando unas pocas tablas movibles de tal manera que me dejara sitio entre las enormes cuadernas del buque.

Apenas había terminado mi trabajo cuando unas pisadas en la cala me obligaron a hacer uso del escondrijo. Un hombre pasó frente a mi refugio con paso débil e inseguro. No pude verle la cara, pero tuve la oportunidad de observar su aspecto general. Mostraba los signos de una muy avanzada edad y de una gran debilidad. Temblaban sus rodillas bajo el peso de los años y todo su cuerpo vacilaba al caminar. En voz baja y entrecortada murmuraba para sí mismo unas palabras en una lengua que no pude entender, y él buscaba algo desordenadamente en un rincón entre un sinnúmero de instrumentos extraños y deterioradas cartas de navegación. Había en su actitud una alocada mezcla del malhumor de la segunda infancia y de la solemne dignidad de un dios. Por fin subió a cubierta y no volví a verlo más.

Un sentimiento, para el cual no encuentro nombre, se ha apoderado de mi alma, una sensación que no admite análisis, ante la que las lecciones de tiempos pasados no sirven y cuya clave temo que tampoco ofrezca el futuro. Para una mente constituida como la mía, esta última consideración resulta ser un terrible mal. Jamás, sé que jamás conoceré la naturaleza de mis conceptos. Sin embargo, no es extraño que estos conceptos sean indefinidos, puesto que tienen su origen en fuentes tan absolutamente novedosas. Un nuevo sentido, una entidad nueva se ha añadido a mi alma.

Hace ya mucho que pisé por primera vez la cubierta de este terrible navío, y creo que los rayos de mi destino se están concentrando en un foco. ¡Hombres incomprensibles! Envueltos en meditaciones de una especie que no puedo adivinar, pasan frente a mí sin darse cuenta de mi presencia. Ocultarme es un absoluto desvarío, porque esta gente *no quiere ver*. Hace sólo un momento pasé directamente delante de los ojos del contramaestre, y no hace mucho que me atreví a entrar en el camarote privado del capitán y tomé de allí los materiales con que escribo y con que he escrito antes. De vez en cuando seguiré escribiendo este diario. Es verdad que tal vez no encuentre oportunidad de comunicarlo al mundo, pero no dejaré de intentarlo. En el último momento encerraré el manuscrito en una botella y la arrojaré al mar.

Un incidente que ocurrió me ha dado nuevos motivos de meditación. ¿Son estas cosas evidencia de la operación de un azar ingobernable? Me había atrevido a subir a la cubierta y me había tumbado, sin llamar la atención, entre un montón de flechastes y viejas velas, en el fondo de un bote. Mientras meditaba sobre lo singular de mi destino, inconscientemente pintarrajeaba yo con una brocha embadurnada de brea los bordes de una arrastradera cuidadosamente doblada y colocada sobre un barril que había cerca. Esta vela ya está envergada y los impensados toques de la brocha se despliegan, formando la palabra *Descubrimiento*.

Últimamente he hecho muchas observaciones sobre la estructura del navío. Aunque está bien armado, creo que no es un buque de guerra. Sus jarcias, construcción y equipo general, todo ello, niega una suposición semejante. Fácilmente puedo percibir lo que el barco *no es*... Me temo que sea imposible decir lo que *es*. No sé cómo ocurre, pero, cuando examino su extraño modelo y el raro aspecto de sus mástiles, su enorme tamaño y su extraordinario velamen, su proa severamente sencilla y su anticuada popa, a veces cruza por mi mente una sensación de cosas familiares y siempre con tales sombras de memoria se mezcla un inexplicable recuerdo de viejas crónicas extranjeras y de edades antiguas.

He estado mirando la cuadernas del buque. Está construido con un material que desconozco. Hay un aspecto peculiar de la madera que me parece que la hace inservible para el propósito al cual se ha aplicado. Me refiero a su extrema *porosidad,* que no se relaciona con la condición carcomida, que es debida a la navegación por estos mares, ni con la podredumbre resultante de su edad. Quizá parezca una observación demasiado extraña, pero esta madera tendría todas las características del roble español, si el roble español fuera dilatado por medios anormales.

Al leer la frase anterior viene a mi memoria un curioso apotegma de un viejo navegante holandés de rostro curtido por la intemperie: «Tan seguro es —acostumbraba a decir cuando alguien ponía en duda su veracidad—, tan seguro como que hay un mar donde el mismo barco crecerá como el cuerpo vivo de un marinero.»

Hace alrededor de una hora me atreví a meterme entre un grupo de tripulantes. No me hicieron el menor caso y, aunque estuve en medio de ellos, parecían totalmente ajenos a mi presencia. Igual que el primero que había visto en la cala, todos mostraban las señales de una muy avanzada edad. Sus rodillas temblaban de debilidad, sus hombros se doblaban de decrepitud, su piel marchita se estremecía en el viento, sus voces eran bajas, trémulas y entrecortadas; sus ojos brillaban con los humores de los años, y su pelo cano ondeaba terriblemente en la tempestad. A su alrededor, por todas partes de la cubierta, se veían esparcidos instrumentos matemáticos de la más peculiar y anticuada construcción.

Mencioné hace algún tiempo que una arrastradera había sido izada. Desde ese día el barco, con el viento en popa, ha seguido su aterradora carrera hacia el sur, con todas las velas desplegadas, desde la galleta de mástil hasta las botavaras de arrastraderas, y hundiendo a cada momento los penoles del juanete en el más asombroso infierno de agua que la mente del hombre podría imaginar. Acabo de bajar de la cubierta donde me resulta imposible mantenerme de pie, aunque la tripulación parece experimentar poca inconveniencia. Me parece un milagro de milagros que nuestra enorme masa no sea tragada en el acto y para siempre. Sin duda estamos destinados a flotar siempre en el mismo borde de la Eternidad, sin precipitarnos finalmente al abismo. Por entre olas mil veces más gigantescas que las que he visto jamás nos deslizamos con la facilidad de la rápida gaviota, y las colosales aguas alzan las cabezas sobre nosotros como demonios de la profundidad, pero como demonios son limitados a simples amenazas y se les prohíbe destruir. Me siento inclinado a atribuir estos incidentes de salvación a la única causa natural que puede explicar tal efecto. Debo suponer que el barco está sometido a la influencia de alguna fuerte corriente o alguna impetuosa corriente de fondo.

He visto al capitán cara a cara, y en su propio camarote, pero, como yo esperaba, no me hizo caso. Aunque en su apariencia no hay nada que a los ojos de un observador casual pudiera señalar que sea más o menos que un hombre..., sin embargo, un sentimiento de irremediable reverencia y temor se mezclaba con el sentimiento de admiración con que yo lo contemplaba. Tiene casi mi estatura, es decir, unos cinco pies ocho pulgadas. Su cuerpo es de contextura sólida y firme, sin ser robusto ni notablemente delgado. Pero es la singularidad de la expresión que domina su cara, es la intensa, la maravillosa, la emocionante evidencia de una vejez tan absoluta, tan extrema, que excita en mi espíritu una sensación, un sentimiento inefable. Su frente, aunque apenas arrugada, aparece llevar el sello de una miríada de años. Sus cabellos canos son crónicas del pasado, y sus ojos, aún más grises, son sibilas del futuro. El suelo del camarote estaba cubierto de extraños infolios con broches de hierro, desmoronados instrumentos de ciencia y obsoletas y olvidadas cartas de navegación. El capitán tenía la cabeza inclinada, apoyada en las manos, y estudiaba con llameantes e inquietos ojos un papel que tomé por una comisión y que, en todo caso, llevaba la firma de un monarca. Murmuraba para sí, como había hecho el primer marinero que vi en la cala, unas bajas y malhumoradas sílabas en una lengua extranjera, y aunque estaba a mi lado, su voz parecía llegar a mis oídos desde la distancia de una milla.

El barco y todos los que navegaban en él estaban impregnados por el espíritu de la antigüedad. Los tripulantes se deslizan de un lado a otro como espectros de sepultadas centurias, sus ojos comunican un significado ansioso e intranquilo, y cuando sus dedos aparecen ante mis ojos bajo el desolado resplandor de las linternas de combate, me siento como nunca antes me he sentido jamás, aunque durante toda mi vida he sido comprador de antigüedades y fui embebiendo las sombras de las derruidas columnas de Baalbek, Tadmor y Persépolis, hasta que mi propia alma se ha convertido en una ruina.

Cuando miro a mi alrededor, me siento avergonzado de mis aprensiones anteriores. Si temblaba ante la tempestad que ha reinado hasta ahora, ¿no me quedaré horrorizado ante la guerra de viento y mar, para la cual las palabras tornado y huracán resultan insignificantes e ineficaces? Alrededor del barco sólo reina la oscuridad de la noche eterna, y un caos de agua sin espuma, pero a una legua a cada lado pueden verse indistintamente, a ratos, enormes murallas de hielo, que se alzan hacia un desolado cielo y parecen las paredes del universo.

Como había imaginado, resulta que el barco está en una corriente, si es apropiado darle ese nombre a una marea que, bramando y aullando por entre el blanco hielo, corre hacia el sur con la velocidad de una catarata que se precipita al abismo.

Supongo que es absolutamente imposible concebir el horror de mis sensaciones; sin embargo, una curiosidad de penetrar en los misterios de estas espantosas regiones predomina sobre mi desesperación y me reconciliará con el aspecto más horroroso de la muerte. Es evidente que nos apresuramos hacia algún conocimiento apasionante, algún secreto imposible de comunicar, cuyo alcance entraña la destrucción. Quizá esta corriente nos conduce al mismo Polo Sur. He de confesar que un suposición aparentemente tan alocada tiene todas las probabilidades a su favor.

La tripulación recorre la cubierta con pasos inquietos y trémulos, pero en sus rostros hay una expresión más propia de la vehemencia de la esperanza que de la apatía de la desesperanza.

Mientras tanto el viento sigue de popa y, como llevamos todas las velas desplegadas, a veces el barco se levanta en vilo sobre el mar... ¡Oh, horror de los horrores! De repente el hielo se abre a la derecha y a la izquierda y estamos girando vertiginosamente, en enormes círculos concéntricos, dando vueltas y vueltas por los bordes de un gigantesco anfiteatro, las cumbres de cuyas paredes se pierden en la oscuridad y la distancia. Pero me queda poco tiempo para pensar en mi destino, los círculos se reducen rápidamente, nos precipitamos furiosamente a la vorágine y, entre el rugir y el bramar y el tronar del océano y de la tempestad, el barco se estremece, ¡Oh Dios!, y... ya se hunde.

NOTA.—El relato *Manuscrito hallado en una botella* se publicó originariamente en 1831 [1833], y sólo muchos años después conocí los mapas de Mercator, en los que el océano se representa como precipitándose por cuatro bocas en el golfo polar (del Norte), para ser absorbida allí en las entrañas de la tierra: el polo mismo se representa como una roca negra, alzándose hasta una altura prodigiosa (E. A. P.).

Berenice

Dicebant mihi sodales, si sepulchrum amicae
visitarem, curas meas aliquantulum fore levatas.

EBN ZAIAT

Berenice y yo éramos primos y crecimos juntos en la casa señorial. Pero crecimos de modo distinto: yo, enfermizo, envuelto en tristeza; ella, ágil, graciosa, llena de fuerza; suyos eran los paseos por la colina; míos, los estudios del claustro; yo vivía encerrado en mí, entregado apasionadamente en cuerpo y alma a la meditación más intensa y penosa; ella, vagando sin cuidado por la vida, sin pensar en las sombras del camino ni en el silencioso vuelo de las horas de alas negras. ¡Berenice! Invoco su nombre: ¡Berenice! ¡Y de las grises ruinas de la memoria mil tumultuosos recuerdos despiertan ante este sonido! ¡Ah! ¡Viva aparece su imagen ante mí, ahora, como en los primeros días de su alegría y de su dicha! ¡Oh, encantadora y fantástica belleza! ¡Oh, sílfide entre los arbustos de Arnheim! ¡Oh, náyade entre sus fuentes! Y entonces, entonces todo es misterio y terror y una historia que no se debe contar. La enfermedad —una enfermedad mortal— cayó como el simún sobre su cuerpo, e incluso mientras yo la contemplaba, el espíritu pasó por ella, penetrando en su mente, sus costumbres, y su carácter, y de la forma más sutil y terrible llegó a alterar incluso la identidad de su persona. ¡Ay! La fuerza destructora vino y se alejó, la víctima..., ¿dónde estaba? Yo no la conocí, o ya no la reconocía como Berenice.

Entre la numerosa serie de enfermedades promovidas por aquella primera y fatal que desencadenó una revolución tan horrible en el ser moral y físico de mi prima, puede mencionarse como la más angustiosa y obstinada en su naturaleza una clase de epilepsia que con frecuencia terminaba en un *trance,* un trance muy semejante a la extinción de la vida, del cual su manera de despertar era, en los más de los casos, asombrosamente repentina. Mientras tanto mi propia enfermedad —porque me han dicho que no debería darle otro nombre—, mi propia enfermedad aumentó rápidamente y al fin asumió un carácter monomaníaco de nueva y extraordinaria especie, ganando en vigor a cada hora y a cada momento, y por último tuvo sobre mí el más incomprensible ascendiente. Esta monomanía, si tengo que llamarla así, consistía en una morbosa irritabilidad de esas facultades de la mente que la ciencia metafísica designa como las *atentivas*. Es más que probable que no me explique; pero temo, en realidad, que de ninguna manera sea posible comunicar a la inteligencia del lector corriente la idea de aquella nerviosa *intensidad de interés* con que, en mi caso, los poderes de la meditación (por no hablar en términos técnicos) se ocupaban y se hundían al contemplar aún los objetos más comunes del universo.

Reflexionar largas, incansables horas con mi atención fija en algún trivial dibujo hecho en el margen o en la tipografía de un libro; estar absorto durante buena parte de un día de verano en la peregrina sombra que caía oblicuamente sobre la tapicería o sobre la puerta; perderme durante toda una noche mirando la tranquila llama de una lámpara o las ascuas de un fuego; soñar días enteros con el perfume de una flor; repetir monótonamente alguna palabra común hasta que el sonido, gracias a la continua repetición, dejaba de comunicar la menor idea a la mente; perder todo sentido del movimiento o de la existencia física, por medio de la absoluta quietud del cuerpo, mantenida larga y obstinadamente: tales eran algunos de los caprichos más comunes y menos perniciosos provocados por una condición de las facultades mentales, no única, por cierto, pero sí capaz de desafiar cualquier análisis o explicación.

Sin embargo, que no se me entienda mal. La atención excesiva, seria y morbosa, así excitada por objetos tribiales, en sí no se debe confundir en su naturaleza con esa tendencia a la meditación corriente en todos los hombres, y a la que se entregan especialmente las personas de una ardiente imaginación. Tampoco era, como pudo suponerse al principio, una condición grave, ni la exageración de una tendencia semejante, sino un estado primario y esencialmente distinto, diferente. En un caso el soñador o el entusiasta, al interesarse por un objeto normalmente *no* trivial, pierde imperceptiblemente de vista este objeto en un bosque de deducciones y sugerencias que surgen de él, hasta que, al final de la ensoñación *muchas veces llena de deleite,* encuentra que el *incitamentum* o primera causa de sus meditaciones desaparece enteramente y queda olvidado. En mi caso el objeto primario era *invariablemente trivial,* aunque adquiría, por medio de mi visión perturbada, una importancia refleja e irreal. Pocas deducciones, o ninguna, hallaba, y aquellas pocas volvían pertinazmente al objeto original como centro. Las meditaciones *nunca* eran agradables, y al final de la ensoñación, la primera causa, lejos de perderse de vista, había alcanzado ese interés sobrenaturalmente exagerado que constituía el rasgo primordial de la enfermedad. En una palabra, los poderes de la mente, ejercidos de forma especial, eran, en mi caso, como ya he dicho, los de la *especulación.*

Mis libros en esta época, si no servían realmente para aumentar el trastorno, compartían en gran medida, como se verá, por su carácter imaginativo e inconsecuente, las cualidades características del trastorno mismo. Recuerdo bien, entre otros, el tratado del noble italiano Coelius Secundus Curio, *De Amplitudine Beati Regni Dei;* la gran obra de San Agustín, *La Ciudad de Dios;* y de Tertuliano, *De Carne Cristi,* en la que la frase paradójica *Mortuus est Dei Filius; credibile est quia ineptum est; et sepultus resurrexit; certum est quia impossibile est,* ocupó todo mi tiempo durante muchas semanas de inútil y laboriosa investigación.

Así se verá que agitada en su equilibrio sólo por cosas triviales, mi razón semejaba aquel peñasco del océano mencionado por Ptolomeo Hephestion, que resistía sin vacilar los ataques de la violencia humana y la furia más feroz de las aguas y los vientos, pero que tamblaba con el solo toque de la flor llamada asfódelo. Y aunque, para un pensador descuidado, podría parecer un asunto fuera de toda duda que la alteración producida en la condición moral de Berenice por su desgraciada enfermedad me hubiera sugerido muchos temas para el ejercicio de esa meditación intensa y anormal, cuya naturaleza me he preocupado bastante en explicar, sin embargo no era éste el caso, en absoluto. En los ratos lúcidos de mi mal, la calamidad de Berenice me daba lástima de veras; y conmovido hondamente por esa total ruina de su bella y dulce vida, no dejaba yo de meditar con frecuencia, amargamente, sobre los medios portentosos que habían obrado con aquella rapidez una tan extraña revolución. Pero estas reflexiones no compartían la idiosincrasia de mi enfermedad, y eran como las que se hubieran presentado, en circunstancias semejantes, a los hombres comunes. Conforme con su propio carácter, mi trastorno se recreaba, en los cambios de menor importancia, pero más asombrosos, producidos en la constitución *física* de Berenice, en la extraña y pasmosa deformación de su identidad personal.

Durante los días más luminosos de su belleza sin par indudablemente nunca la había amado. En la extraña anomalía de mi existencia, los sentimientos míos *nunca habían sido* del corazón, y mis pasiones *siempre eran* de la mente. En las tempranas, brumosas horas de la mañana, en las entrelazadas sombras del bosque al mediodía, y en el silencio de mi biblioteca por la noche, ella había pasado veloz ante mis ojos, y yo la había visto, no como la Berenice viva y palpitante, sino como la Berenice de un sueño; no como un ser de la tierra, sino como la abstracción de un ser semejante; no como algo para admirar, sino para analizar; no como un objeto de amor, sino como tema de la más abstrusa, aunque inconexa especulación. Y *entonces,* entonces me estremecía ante su presencia y palidecía cuando se acercaba; sin embargo, lamentando amargamente su estado decaído y desolado, recordé que me había amado largo tiempo, y que, en un momento aciago, le hablé de matrimonio.

Y al fin la fecha de nuestras nupcias se acercaba cuando, una tarde del invierno de aquel año, en uno de esos días intempestivamente cálidos, tranquilos y brumosos, que son la nodriza de la bella Alcíone, estaba yo sentado (y creía encontrarme solo) en la sala interior de la biblioteca. Pero, levantando los ojos, vi a Berenice delante de mí.

¿Fue mi propia imaginación excitada, o la brumosa influencia de la atmósfera, o la incierta luz crepuscular de la sala, o los pliegues grises que caían alrededor de su figura lo que causó en ella un contorno tan vacilante e indefinido? No podría decirlo. Ella no pronunció una palabra, y yo... ni por el mundo entero podría haber enunciado una sílaba. Un escalofrío helado cruzó mi cuerpo; una sensación de insufrible ansiedad me oprimía; una curiosidad devoradora penetraba mi alma; y, hundiéndome en la silla, quedé un rato sin aliento, inmóvil, con mis ojos clavados en su persona. ¡Ay! Su delgadez era extrema, y ni la menor huella de su ser anterior se mostraba en una sola línea del contorno. Mi ardiente mirada cayó por fin sobre su rostro.

La frente era alta, muy pálida, y extrañamente serena; el cabello, antes de un negro azabache, caía parcialmente sobre la frente y sombreaba las sienes hundidas con innumerables rizos de un vivo rubio, que contrastaban, discordantes, por su matiz fantástico, con la melancolía del rostro. Sus ojos estaban sin vida, sin brillo y aparentemente faltos de pupilas; y yo me encogí involuntariamente ante su mirada vidriosa y pude contemplar sus delgados y marchitos labios. Se abrieron; y en una sonrisa de expresión peculiar *los dientes* de la cambiada Berenice se revelaron lentamente a mis ojos. ¡Ojalá que nunca los hubiera visto, o que, al verlos, hubiera muerto!

El golpe de una puerta al cerrarse me llamó la atención y, alzando los ojos, descubrí que mi prima había salido de la sala. Pero de la desordenada cámara de mi cerebro, ¡ay!, no había salido, y no se podía alejar, el blanco y horrible *espectro* de los dientes. No existió en los dientes ni una sombra en su esmalte, ni una mella en sus bordes que en ese momento de su sonrisa no dejara de grabarse en mi memoria. Los veía *ahora* incluso más claramente que los había visto *entonces*. ¡Los dientes! ¡Los dientes! ¡Estaban aquí, y allí y en todas partes, visibles y palpables ante mí, largos, delgados y excesivamente blancos, con los pálidos labios contorsionándose alrededor de ellos, como en el justo instante de su primitivo, terrible desarrollo. Entonces llegó la furia plena de mi *monomanía,* y yo luchaba en vano contra su influencia extraña e irresistible. Entre los múltiples objetos del mundo externo no tenía pensamientos sino para los dientes. Los anhelaba con un deseo frenético. Todos los otros asuntos y todos los intereses distintos fueron absorbidos por aquella única contemplación. Ellos, sólo ellos quedaban presentes para mi mirada mental, y ellos, en su singular individualidad, llegaron a ser la esencia de mi vida cerebral. Los examiné bajo todas las luces. Los vi desde todos los ángulos. Estudié sus características. Medité sobre sus peculiaridades. Ponderé la alteración de su naturaleza. Me estremecí mientras les atribuía, en la imaginación, un poder sensible y consciente y, aun sin la ayuda de los labios, una capacidad de expresión moral. De mademoiselle Sellé se ha dicho bien *que tous ses pas étaient des sentiments,* y de Berenice yo creía con más seriedad *que toutes ses dents étaient des idées. Des idées!* ¡Ah, este fue el pensamiento insensato que me destruyó! *Des idées!* ¡Ah, *por eso* era por lo que los codiciaba tan locamente! Sentía que sólo la posesión de ellos podía devolverme la paz, restituyéndome la razón.

Y así cayó la tarde sobre mí; entonces vino la oscuridad y se quedó un rato y se fue, y el día amaneció otra vez, y las brumas de una segunda noche se acumularon alrededor, y yo seguía sentado inmóvil en esa sala solitaria, aún encerrado en la meditación; y aún el *Fantasma* de los dientes mantenía su terrible dominio, mientras, con una viva y horrible claridad, flotaba entre las cambiantes luces de la cámara. Al fin irrumpió en mis sueños un grito como de horror y consternación; y entonces, después de un rato, se oyó el ruido de voces preocupadas, entremezcladas con múltiples y apagados gemidos de pena o de dolor. Me levanté de la silla y, abriendo de golpe una de las puertas de la biblioteca, vi en la antecámara a una joven criada, deshecha en lágrimas, quien me contó que Berenice ya no existía. Había sufrido un ataque de epilepsia por la mañana temprano, y ahora, al caer la noche, la tumba se encontraba lista para recibir a su ocupante, y todos los preparativos para el entierro estaban terminados.

Me encontré sentado en la biblioteca, y otra vez solo. Parecía que hubiera despertado de un sueño confuso y emocionante. Sabía que ya era medianoche y era consciente de que desde la puesta del sol Berenice estaba enterrada. Pero de aquel melancólico período intermedio no tenía una clara, o por lo menos una definida comprensión. Sin embargo, el recuerdo de ese rato estaba lleno de horror más horrible por ser vago y un terror más terrible por su ambigüedad. Era una página espantosa en la historia de mi existencia, toda escrita con borrosos recuerdos, horripilantes, inteligibles. Luché por descifrarlos, pero fue en vano; mientras tanto, como el espíritu de un sonido lejano, un agudo y penetrante grito de mujer parecía seguir sonando en mis oídos. Yo había cometido un acto, ¿qué era? Me hice la pregunta en voz alta y los susurrantes ecos de la sala me contestaron: *¿Qué era?*

En la mesa a mi lado brillaba una lámpara y cerca de ella había una pequeña caja. No tenía un aspecto llamativo, y yo la había visto antes con frecuencia, porque pertenecía al médico de la familia. Pero ¿cómo se encontraba sobre mi mesa y por qué me estremecía al contemplarla? Estas cosas no tenían una explicación y por fin mis ojos cayeron sobre las páginas abiertas de un libro y sobre una frase subrayada. Eran las extrañas, pero sencillas palabras del poeta Ebn Zaiat: *«Dicebant mihi sodales si sepulchrum amicae visitarem, curas meas aliquantulum fore levatas.»* ¿Por qué, entonces, al estudiarlas, se me erizaron los pelos de la cabeza y se congeló en las venas la sangre de mi cuerpo?

Sonó un leve golpe en la puerta de la biblioteca y, pálido como el ocupante de una tumba, un sirviente entró de puntillas. Su aspecto mostraba un espantoso terror y me habló en una voz trémula, ronca y muy baja. ¿Qué dijo? Oí unas frases entrecortadas. Contó de un alocado grito que turbó el silencio de la noche, de la servidumbre reunida, de una búsqueda en la dirección de donde procedía el sonido, y entonces sus palabras se hicieron emocionantemente claras cuando me habló susurrando de una tumba profanada, de un cadáver envuelto en la mortaja y desfigurado, pero que aún respiraba, aún palpitaba, ¡aún *vivía!*

Señaló mis ropas, estaban manchadas de barro y de sangre. No hablé, y me tomó suavemente la mano, tenía huellas hechas por uñas humanas. Dirigió mi atención hacia algún objeto apoyado contra la pared, lo miré durante unos minutos, era una pala. Con un grito corrí a la mesa y tomé la caja que había allí. Pero no pude abrirla, y por mi temblor se deslizó de mis manos y cayó pesadamente y se rompió en pedazos, y de la caja, entrechocando, rodaron unos instrumentos de cirugía dental, mezclados con treinta y dos diminutos objetos blancos, marfileños, que se desparramaron por el suelo.

Ligeia

Y allí yace la voluntad que no muere. ¿Quién conoce los misterios de la voluntad con su vigor? Porque Dios no es sino una gran voluntad que penetra todas las cosas por la naturaleza de su empeño. El hombre no se entrega a los ángeles, ni a la muerte por entero, como no sea por la flaqueza de su débil voluntad.

JOSEPH GLANVILL

Por mi vida que no puedo recordar ahora cómo, cuándo, ni, siquiera con precisión, dónde conocí a lady Ligeia. Muchos años han transcurrido desde entonces, y mucho sufrimiento ha debilitado mi memoria. O, tal vez, *ahora* no puedo recordar estos detalles porque en realidad, el carácter de mi amada, su extraordinaria erudición, el singular y, sin embargo, plácido estilo de su belleza y la elocuencia emocionante, cautivadora, de su expresión profunda y musical, entraron en mi corazón con pasos tan constantes y secretos, que han quedado inadvertidamente desconocidos. No obstante, creo que la conocí por primera vez y que la veía con frecuencia en una gran ciudad antigua y ruinosa cerca del Rhin. Sin duda la he oído mencionar a su familia. Que procede de una remota y antigua época es indudable. ¡Ligeia! ¡Ligeia! Enterrado como estoy en estudios de índole ideada para amortiguar las impresiones del mundo exterior, sólo por esta dulce palabra, Ligeia, puedo formar ante mis ojos, en fantasía, la imagen de aquella que ya no existe. Y ahora, mientras escribo, destella dentro de mí el recuerdo de que nunca he sabido cuál era el apellido paterno de la que fue mi amiga y mi prometida, que llegó a ser compañera de estudios y por fin la esposa de mi alma. ¿Fue por una juguetona orden de parte de mi Ligeia, o fue para tener una prueba de la fuerza de mi afecto por lo que me fue prohibido indagar sobre tal detalle? ¿O fue más bien un capricho mío, una ofrenda alocadamente romántica en el altar de la devoción más apasionada? Sólo borrosamente recuerdo el hecho mismo... ¿Es, pues, extraño que me haya olvidado por completo de las circunstancias que lo originaron o acompañaron? Y, de veras, si ese espíritu que llaman *Romance,* si alguna vez la tenue y alada *Asthophet* del Egipto idólatra ha presidido, como cuentan, los matrimonios aciagos, entonces sin duda presidió el mío.

Hay un asunto querido, sin embargo, en el que mi memoria no falla. Es la *persona* de Ligeia. Era de elevada estatura, más bien delgada, y en sus últimos días incluso demacrada. En vano intentaría la descripción de su majestad, la serenidad de su porte o la incomprensible ligereza y soltura de su paso. Entraba y salía como una sombra. Nunca me daba yo cuenta cuando aparecía en mi cerrado estudio, salvo por la amada música de su dulce y profunda voz, mientras posaba su mano de mármol sobre mi hombro. Jamás mujer alguna la ha igualado en la belleza de su rostro. Era el resplandor de un sueño de opio, una etérea y animosa visión más extravagantemente divina que las fantasías que flotaban alrededor de las almas adormecidas de las hijas de Delos. Sin embargo, sus facciones no tenían esa regularidad que nos han enseñado falsamente a adorar en las obras clásicas de los paganos. «No hay una belleza exquisita —dice Bacon, lord de Verulam, refiriéndose con justeza a todas las formas y *genera* de la hermosura— sin algo de *extraño* en las proporciones.» No obstante, aunque veía que las facciones de Ligeia no eran de una regularidad clásica, aunque percibía que su hermosura era en verdad «exquisita» y sentía que había mucho de «extraño» en ella, sin embargo he intentado en vano detectar la irregularidad y averiguar mi propia percepción de lo «extraño». Examiné el contorno de su frente alta y pálida: era impecable —¡qué fría de veras esa palabra aplicada a una majestad tan divina!— la piel, que rivalizaba con el más puro marfil, la amplitud dominante y la serenidad, la suave prominencia de sus parietales, y luego los cabellos de un negro azabache, satinados, abundantes y naturalmente rizados, que mostraban la plena fuerza del epíteto homérico «cabellera de jacinto». Miraba el delicado perfil de la nariz, y sólo en los elegantes medallones de los hebreos había contemplado semejante perfección. Tenía la misma lustrosa suavidad de la superficie, la misma, apenas perceptible, tendencia a ser aguileña, las mismas aletas armoniosamente curvadas que indican el espíritu libre. Contemplaba la dulce boca. Ahí en verdad se veía el triunfo de todas las cosas celestiales, la curva magnífica del corto labio superior y la suave, voluptuosa calma del inferior, los hoyuelos que bailaban y el expresivo color, los dientes reflejando con un brillo casi sorprendente cada rayo de la sagrada luz que caía sobre ellos en la más serena y plácida y, sin embargo, esplendorosamente radiante de todas las sonrisas. Analizaba la forma del mentón y ahí también encontraba la suave extensión, la delicadeza y la majestad, la plenitud y la espiritualidad de lo griego, el contorno que el dios Apolo reveló sólo en sueños a Cleomenes, el hijo del ateniense. Y entonces miraba profundamente a los grandes ojos de Ligeia.

Para ojos no tenemos modelos en la antigüedad remota. Quizá también ocurriera que en aquellos ojos de mi amada yacía el secreto al cual alude el lord de Verulam. Eran, he de creerlo, mucho más grandes que los ojos normales de nuestra raza. Eran aún más grandes que los ojos de gacela de la tribu del valle de Nourjahad. Sin embargo, sólo a ratos, en momentos de intensa emoción, este rasgo peculiar se hacía más que levemente notable en Ligeia. Y en tales momentos su belleza era, o en mi fantasía ardiente así parecía, tal vez, la de seres que están por encima o fuera de la tierra, la belleza de la fabulosa hurí de los turcos. El color de sus ojos era del negro más brillante, y sobre ellos caían oscuras y largas pestañas. Las cejas, de línea algo irregular, mostraban el mismo matiz. Lo que de «extraño» encontraba en sus ojos era, sin embargo, de una naturaleza distinta a la forma, el color o el brillo de los rasgos, y ha de atribuirse, al fin, a la *expresión*. ¡Ah, palabra sin sentido, tras cuya vasta extensión de mero sonido protegemos nuestra ignorancia sobre gran parte de lo espiritual! ¡La expresión de los ojos de Ligeia! ¡Durante cuántas horas he meditado sobre ella! ¡Cómo, durante toda una noche de pleno verano, he luchado por comprenderla! ¿Qué era... ese algo más profundo que el pozo de Demócrito, que yacía hondamente en las pupilas de mi amada? *¿Qué era?* Me poseía la pasión de descubrirlo. ¡Aquellos ojos, aquellos grandes, luminosos y divinos ojos! Para mí llegaron a ser las estrellas gemelas de Leda, y yo, para ellos, el más devoto de los astrólogos.

No hay, entre las muchas anomalías incomprensibles de la ciencia psicológica, asunto de una emoción más penetrante que el hecho —nunca notado, creo, por las escuelas— de que, en nuestros esfuerzos por traer a la memoria algo de un tiempo largamente olvidado, con frecuencia nos encontramos *al mismo borde* del recuerdo, sin poder al fin captarlo. Y así con cuánta frecuencia, en mi intenso examen de los ojos de Ligeia, he sentido el acercamiento al pleno conocimiento de su expresión, lo he sentido acercase y no llegar a ser mío, ¡y así por fin desaparecer enteramente! Y (extraño ¡oh, el más extraño de todos los misterios!) encontraba, en los objetos más comunes del universo, un círculo de analogías con aquella expresión. Quiero decir que, después del período en que la belleza de Ligea entró en mi espíritu morando allí como en un santuario, recibía de muchas existencias en el mundo material un sentimiento parecido al que siempre sentía dentro de mí, despertado por sus ojos grandes y luminosos. Sin embargo, no era capaz de definir más profundamente aquel sentimiento, ni de analizarlo, ni siquiera de contemplarlo fijamente. Lo reconocía a veces, repito, al mirar una enredadera que crecía rápidamente, al contemplar una mariposa, una crisálida, la corriente de un arroyo. Lo he sentido en el océano, en la caída de un meteoro. Lo he sentido en las miradas de personas de una insólita ancianidad. Y hay una o dos estrellas en el cielo (especialmente una de secta magnitud, doble y cambiante, que se encuentra cerca de la gran estrella de Lira), que, tras un examen telescópico, me han comunicado idéntico sentimiento. Me he sentido lleno de él al oír ciertos sonidos de instrumentos de cuerda y con frecuencia por la lectura de pasajes de libros. Entre otros innumerables ejemplos, recuerdo bien algo escrito en un volumen de Joseph Glanvill, que (tal vez simplemente gracias a su rareza, ¿quién sabe?) nunca ha dejado de inspirarme ese sentimiento: «Y allí yace la voluntad que no muere. ¿Quién conoce los misterios de la voluntad con su vigor? Porque Dios no es sino una gran voluntad que penetra todas las cosas por la naturaleza de su empeño. El hombre no se entrega a los ángeles, ni a la muerte por entero, como no sea por la flaqueza de su débil voluntad.»

El paso de los años y la reflexión consiguiente me han permitido averiguar de veras alguna conexión remota entre este pasaje del moralista inglés y una parte del carácter de Ligeia. La *intensidad* en el pensamiento, acción o habla, era posiblemente, en ella, el resultado o por lo menos un índice de esa gigantesca voluntad que, durante nuestras largas relaciones, no daba otras y más inmediatas pruebas de su existencia. De entre todas las mujeres a quienes he conocido jamás, ella, la externamente serena y siempre plácida Ligeia, era presa con más violencia que ninguna de los tumultuosos buitres de la inflexible pasión. Yo no podía estimar semejante pasión, salvo por el milagroso dilatarse de aquellos ojos que me encantaban y me pasmaban a la vez, por la casi mágica melodía, modulación, claridad y placidez de su voz tan profunda, y por la feroz energía (hecha doblemente efectiva en contraste con su modo de expresarse) con que pronunciaba habitualmente sus extravagantes palabras.

He mencionado la erudición de Ligeia: era inmensa, tal como jamás he conocido en una mujer. Su conocimiento de las lenguas clásicas era profundo y, en cuanto podía juzgar por mis propias nociones de los dialectos modernos de Europa, nunca la pillé en falta. A decir verdad, en cualquier tema de los más admirados, simplemente por ser los más abstrusos de la alardeada erudición académica, *¿alguna vez* descubrí a Ligeia en falta? ¿De qué modo singular y emocionante me ha llamado fuertemente la atención, sólo en estos últimos tiempos, este particular detalle en el carácter de mi esposa? Dije que sus conocimientos era tales como jamás había encontrado yo en una mujer, pero ¿dónde está el hombre que haya recorrido *todas* las amplias extensiones de las ciencias morales, físicas y matemáticas? No vi entonces lo que percibo ahora claramente:

que las adquisiciones de Ligeia eran enormes, eran asombrosas; sin embargo, me daba suficiente cuenta de su infinita superioridad para entregarme con infantil confianza a su guía por el mundo caótico de la investigación metafísica, de la que me ocupaba mucho durante los primeros años de nuestro matrimonio. ¡Con qué vivo gozo, con cuánto de todo lo etéreo que tiene la esperanza, *sentía* yo, mientras ella se inclinaba sobre mí en los estudios poco buscados y menos conocidos, aquella deliciosa perspectiva que lentamente se agrandaba ante mí, por cuya larga, espléndida senda no hollada, podía yo al fin avanzar hacia la meta de una sabiduría demasiado divina y preciosa para no ser prohibida!

¡Qué agudo había de ser el dolor con que, después de unos años, vi alzar el vuelo y desaparecer mis bien fundadas esperanzas! Sin Ligeia yo no era más que un niño sumido en la ignorancia. Sólo su presencia, sus lecturas hacían vívidamente luminosos los muchos misterios del trascedentalismo en que estábamos inmersos. Privadas del fulgor radiante de sus ojos, las doradas letras de suave brillo se tornaron más opacas que el plomo saturnino. Y entonces aquellos ojos brillaron cada vez con menos frecuencia sobre las páginas que yo estudiaba. Ligeia cayó enferma. Sus vehementes ojos ardían con un resplandor demasiado glorioso; los pálidos dedos se volvieron del color transparente de la tumba y las venas azules sobre la alta frente se dilataban y se encogían impetuosamente ante los cambios de la más leve emoción. Entendí que había de morir, y luché desesperadamente en espíritu con el tétrico Azrael. Y las luchas de la mujer apasionada eran, para mi asombro, aún más enérgicas que las mías. Había visto muchos rasgos de su inflexible carácter que llegaron a convencerme y a creer que para ella la muerte vendría sin terrores; pero no fue así. Las palabras son incapaces de describir una idea justa de la ferocidad de la resistencia que opuso a la sombra. Yo gemía con angustia ante el lamentable espectáculo. Yo hubiera querido calmar, hubiera querido razonar, pero, en la intensidad de su violento deseo de vivir, de vivir, *sólo,* vivir, el consuelo y el razonamiento eran la más extrema insensatez. Sin embargo, hasta el último momento, entre las más convulsivas angustias de su indomable espíritu, no se tambaleó la placidez externa de su porte. Su voz se tornó más suve, más profunda... Sin embargo, no me gustaría pensar mucho en el extravagante sentido de aquellas palabras tranquilamente pronunciadas. Mi cabeza dada vueltas mientras escuchaba encantado una melodía más que mortal, conjeturas y aspiraciones que los mortales jamás habían conocido.

No debería haber dudado de que me amara, y fácilmente pudiera haber entendido que, en un pecho como el suyo, el amor no reinaba como una pasión ordinaria. Pero sólo en la muerte quedé plenamente impresionado con la fuerza de su afecto. Durante largas horas, reteniendo mi mano, vertía ante mí las exuberantes expresiones de un corazón cuya devoción más que apasionada llegaba a la idolatría. ¿Cómo había merecido yo la bendición de semejantes confesiones? ¿Cómo había merecido ser condenado a la pérdida de mi amada en la hora en que me las hacía? Pero no puedo soportar el extenderme sobre este tema. Permítanme decir solamente que en el abandono más que femenino de Ligea al amor, ¡ay!, todo inmerecido, todo conferido sin ser yo digno, por fin reconocí el principio de su anhelo, su tan ardiente deseo de asirse a la vida, una vida que se le escapaba ahora tan velozmente. Era, sí, este extravagante deseo, esta ansiosa vehemencia del deseo de vivir, *sólo,* vivir, que soy incapaz de describir, que no encuentro palabras que lo expresen.

Al pleno mediodía anterior a la noche en que iba a morir, imperiosamente me llamó a su lado y me rogó que repitiera ciertos versos que ella había escrito pocos días antes. La obedecí. Eran éstos:

¡Mirad! ¡Es una noche de gala
en los últimos años solitarios!
La multitud de ángeles alados,
con velos, y en lágrimas bañados,

en un teatro se sientan y contemplan
un drama de esperanzas y temores,
mientras toca la orquesta a suaves intervalos
la música sin fin de las esferas.

Mimos en la imagen de Dios en lo alto
susurran y murmuran con tenue voz,
y vuelan pasando de aquí para allá
meros títeres ellos, que entran y salen
al ruego de enormes cosas informes
que mueven sin cesar el extraño decorado,
agitando, desplegando sus alas de cóndor,
¡vertiendo invisible aflicción y pesar!

¡Abigarrado drama! ¡Oh, sin duda,
jamás quedará olvidado!
Con su fantasma siempre perseguido
por suna multitud que no lo alcanza
en un círculo que gira y vuelve
siempre el eterno lugar.
Y mucho de locura y más pecado
y horror... el alma de la intriga.

¡Pero mirad! Entre el tumulto de mimos
una forma se arrastra, se insinúa,
roja como la sangre serpentea,
¡y sale de la dramática soledad!

¡Se retuerce! ¡Se retuerce! Con dolores mortales
transforma a los mismos en aliento,
y los serafines lloran ante horribles colmillos
de sangre humana manchados.

¡Apagadas están las luces, todas apagadas!
Y sobre cada forma temblorosa
el telón, un paño mortuorio,
cae con furia de tormento,
y los ángeles todos pálidos y tristes,
levantados ya, sin velos, afirman
que el drama es la tragedia «Hombre»
y su héroe el Gusano Vencedor.

—¡Oh, Dios! —casi gritó Ligeia, poniéndose en pie de un salto y levantando los brazos con un movimiento brusco, mientras yo leía los versos finales—: ¡Oh, Dios! ¡Oh, Padre Divino! ¿Serán así de irremediables estas cosas? ¿No será vencido ni una vez aquel Vencedor? ¿No somos una parte íntima de ti? ¿Quién..., quién conoce los misterios de la voluntad con su vigor? El hombre no se entrega a los ángeles, *ni a la muerte por entero,* como no sea por la flaqueza de su débil voluntad.

Y entonces, como agotada por la emoción, dejó caer sus blancos brazos y regresó solemnemente a su lecho de muerte... Mientras lanzaba los últimos suspiros, mezclado con ellos brotó un suave murmullo de sus labios. Escuché con cuidado y distinguí de nuevo las palabras finales del pasaje de Glanvill: *«El hombre no se entrega a los ángeles, ni a la muerte por entero, como no sea por la flaqueza de su débil voluntad.»*

Murió; y yo, abrumado, aterrado de dolor, ya no podía soportar la desolada soledad de mi estancia en la sombría y ruinosa ciudad en las orillas del Rhin. No me faltaba lo que el mundo llama fortuna. Ligeia me había dado mucho, mucho más de lo que por lo común cae en suerte a los mortales. Por eso, después de unos meses de un tedioso vagabundeo sin rumbo, compré y reparé una abadía, cuyo nombre no mencionaré, en una de las regiones más salvajes y apartadas de la hermosa Inglaterra. La sombría y triste grandeza del edificio, el aspecto casi salvaje del terreno, las muchas memorias melancólicas y venerables relacionadas con ambos parecían estar acordes con los sentimientos de absoluto abandono que me habían llevado a esa remota y agreste región del país. Sin embargo, aunque la parte exterior de la abadía, ornada de ruinoso verdor, sufrió pocos cambios, me entregué con una perversidad infantil y, tal vez con una débil esperanza de aliviar mis penas, a desplegar en su interior magnificencias más que reales. Yo había sentido, incluso en mi infancia, un gusto por semejantes extravagancias y entonces volví a ellas como en la senectud del dolor. ¡Ay, cuánta incipiente locura podría descubrirse, incluso, en las espléndidas y fantásticas cortinas, en las esculturas solemnes de Egipto, en las cornisas y los muebles extraños, en los lunáticos diseños de las alfombras con borlas de oro! Yo me había transformado en un esclavo atado en las trabas del opio, y mis trabajos y mis órdenes se habían teñido del color de mis sueños. Pero no debo detenerme para contar los detalles de estos absurdos. Hablaré sólo de aquella cámara, siempre maldita, a donde, en un momento de enajenación mental, conduje al altar como esposa, como sucesora de la inolvidable Ligeia, a lady Rowena Trevanion, de Tremaine, la de los rubios cabellos y azules ojos.

No hay una parte de la arquitectura ni de la decoración de aquella cámara nupcial que no aparezca ahora ante mis ojos. ¿Dónde estaban las almas de la orgullosa familia de la novia, cuando, por su sed de oro, permitieron pasar el umbral de un apartamento *tan* decorado a una doncella, a una hija tan querida? He dicho que recuerdo minuciosamente los detalles de la cámara... Sin embargo, olvido tristemente asuntos de profunda importancia, y no había allí orden ni límites en la fantástica exhibición que se fijaran en mi memoria. La habitación se encontraba en una alta torrecilla de la almenada abadía, era de forma pentagonal y de vastas proporciones. Una única ventana, un enorme cristal de Venecia, de una sola pieza y de matiz de plomo, ocupaba toda la fachada sur del pentágono, de modo que los rayos del sol o de la luna, al atravesarlo, caían con un brillo espectral sobre los objetos. En lo alto de esta inmensa ventana se extendía el enrejado de una antigua enredadera que trapaba por los sólidos muros de la torre. El techo, de oscuro roble, era excesivamente alto, abovedado y esmeradamente decorado con los motivos más extravagantes y grotescos de un diseño semigótico, semidruídico. Del centro del mismo de esta melancólica bóveda pendía, de una sola cadena de oro de largos eslabones, un inmenso incensario del mismo metal, de estilo sarraceno, con numerosos calados dispuestos de forma que salían por ellos, como si poseyeran la vitalidad de una serpiente, continuas contorsiones de llamas multicolores.

Algunas otomanas y candelabros de oro, de estilo oriental, quedaban alrededor, y había también un lecho, el lecho nupcial, de modelo indio, bajo, esculpido en ébano macizo, con un pabellón encima como una colgadura fúnebre. En cada uno de los ángulos de la cámara había un gigantesco sarcófago de granito negro, de las tumbas de los reyes situadas cerca de Luxor, con sus antiguas tapas cubiertas de inmemoriales esculturas. Pero en los tapices del apartamento se hallaba ¡ay! la fantasía principal. Las altas paredes, gigantescas, incluso faltas de proporción, se cubrían de arriba a abajo en vastos pliegues de una pesada y espesa tapicería, tapices de un material como el de la alfombra, la cubierta de las otomanas y el lecho de ébano, del pabellón y de las suntuosas volutas de las cortinas que ocultaban parcialmente la ventana. El material era el más rico tejido de oro. Se cubría, a intervalos irregulares, por arabescos de un pie de diámetro, tejidos en diseños del más negro azabache. Pero estas figuras sólo mostraban el verdadero carácter del arabesco, cuando se las miraba desde un solo punto de vista. Por un procedimiento hoy común, que de veras se originó en una remota época de la antigüedad, se producían aspectos cambiantes. Para el que entraba en la habitación parecían simples monstruosidades, pero, al avanzar, esta apariencia cambiaba y, paso a paso, a medida que el visitante se movía en la cámara, se veía rodeado por una serie interminable de formas espectrales que pertenecen a las supersticiones de los normandos o que nacen en los culpables sueños de los monjes. El efecto fantasmagórico se incrementaba enormemente por la introducción artificial de una fuerte y continua corriente de aire detrás de los tapices, que prestaba una horrible inquietante animación al conjunto.

En habitaciones como ésas, en una cámara nupcial como la descrita, pasé con la dama de Tremaine las impías horas del primer mes de nuestro matrimonio... Las pasé con poca inquietud. Que mi mujer temía el feroz humor de mi temperamento, que huía de mí y me amaba poco, no podía yo pasarlo por alto, pero me causaba más placer que otra cosa. La aborrecía con un odio que pertenecía más a un demonio que a un hombre. Mi memoria volaba al pasado (¡oh, con qué intensidad de pena!), a Ligeia, la amada, la augusta, la hermosa, la enterrada. Me recreaba con recuerdos de su pureza, su sabiduría, su elevada y etérea naturaleza, su amor apasionado e idólatra. Entonces mi espíritu ardía plena y libremente con mayor intensidad que todos los fuegos que eran suyos. En la emoción de mis sueños de opio (porque estaba encadenado con los grilletes a la droga), la llamaba por su nombre en voz alta durante el silencio de la noche, o durante el día, entre los apartados lugares de los estrechos valles, como si, con esa ansiosa vehemencia, la pasión solemne, el fuego devorador de mi deseo por la desaparecida, pudiera devolverla a la senda que había abandonado —¿ah, *podía* ser para siempre?— en la tierra.

Alrededor del comienzo del segundo mes de matrimonio, lady Rowena cayó repentinamente enferma y se repuso lentamente. La fiebre que la consumía perturbaba sus noches y, en su inquieto estado de semisueño, hablaba de sonidos, de movimientos dentro y fuera de la cámara de la torre, y yo deducía que no tenían más origen que el trastorno de su imaginación, o, tal vez, las influencias fantasmagóricas de la cámara misma. Al fin llegó la convalecencia y por último quedó restablecida. Sin embargo, sólo pasó un breve período hasta que otra segunda enfermedad, más violenta, la condujo de nuevo al lecho del sufrimiento, y de este ataque su constitución, siempre débil, nunca se recuperó por completo. Sus males eran, después de este período, de un carácter alarmante y de una recurrencia aún más alarmante, que desafiaba el conocimiento de los grandes esfuerzos de sus médicos. Con el incremento de la enfermedad crónica, aparentemente aferrada con tal fuerza a su constitución que no parecía poder ser desterrada por medios humanos, yo no dejaba de observar un aumento semejante en la irritabilidad nerviosa de su temperamento y en la excitación motivada por triviales miedos. Otra vez hablaba de ella, y ahora con más frecuencia e insistencia, los sonidos, de los leves sonidos y de los insólitos movimientos entre las tapicerías, a los cuales se había referido antes.

Una noche, hacia finales de septiembre, ella me llamaba la atención sobre este molesto asunto con más insistencia de lo que solía. Acababa de despertarse de un sueño inquieto, y yo había estado observando, con sentimientos casi de ansiedad, casi de vago terror, los espasmos de su cara demacrada. Estaba yo sentado al lado del lecho de ébano sobre una de las otomanas de la India. Ella se incorporó a medias y habló con un susurro bajo y serio de los sonidos que oía *entonces,* pero que yo no podía oír; de movimientos que veía *entonces,* pero que yo no podía percibir. El viento corría veloz tras los tapices, y yo quería mostrarle (lo que, confieso, yo no podía *creer del todo)* que aquellos suspiros casi imperceptibles y aquellas muy suaves variaciones de las figuras sobre la pared no eran más que los efectos naturales de la habitual corriente de aire. Pero la palidez mortal que se extendía por su cara me probaba que mis esfuerzos por tranquilizarla serían inútiles. Parecía a punto de desmayarse y no había ayudantes al alcance de la voz. Recordé dónde se guardaba una garrafa de vino ligero que le habían recomendado sus médicos, y de prisa crucé la habitación para traerla. Pero al pasar bajo la luz del incensario, dos circunstancias de índole sorprendente me llamaron la atención. Sentí que algún objeto de tacto perceptible, pero invisible, había rozado levemente mi persona, y vi sobre la alfombra dorada, en el mismo centro del lujoso brillo que arrojaba el incensario, una sombra, una suave, indefinida sombra de aspecto angélico, tal como se podía imaginar fuera la sombra de un espectro. Pero yo estaba embriagado por la excitación de una moderada dosis de opio y no hice mucho caso de estas cosas, ni hablé de ella con Rowena. Al encontrar el vino, crucé la cámara de nuevo y llené una copa que llevé a los labios de la dama desmayada. Entonces se había recobrado un tanto, sin embargo, y tomó el vaso mientras yo me dejaba caer sobre la otomana que tenía cerca, con los ojos fijos en ella. Fue entonces cuando advertí claramente un suave paso sobre la alfombra, cerca del lecho; y durante un segundo después, mientras Rowena llevaba el vino a sus labios, vi, o tal vez soñé, que caían en la copa, como si provinieran de alguna fuente invisible en la atmósfera de la habitación, tres o cuatro grandes gotas de un líquido brillante del color del rubí. Si yo lo vi, no pasó lo mismo con Rowena. Bebió el vino sin vacilar, y yo me abstuve de hablarle de un incidente que debía de ser, al fin y al cabo, sólo la sugerencia de una viva imaginación, morbosamente activada por el terror de la dama, por el opio y por la hora.

Sin embargo, no puedo ocultarme que, inmediatamente después de la caída de las gotas de color rubí, se produjo un rápido empeoramiento en el estado de mi mujer, así que, a la tercera noche, las manos de sus sirvientes la prepararon para la tumba y la cuarta la pasé sentado solo, con su cuerpo amortajado, en aquella fantástica cámara que la había recibido como novia. Extravagantes visiones, engendradas por el opio, flotaban como sombras ante mí. Contemplé con ojos inquietos los sarcófagos en los ángulos de la habitación, las cambiantes figuras de los tapices y el serpenteo de las llamas multicolores del incensario suspendido. Entonces, mientras recordaba las circunstancias de aquella anterior noche, mis ojos cayeron sobre el lugar bajo el brillo del incensario en donde había visto las leves huellas de la sombra. Ya no estaba allí, sin embargo, y, respirando con mayor libertad, dirigí la mirada hacia la pálida y rígida figura del lecho. Entonces me asaltaron mil recuerdos de Ligeia, entonces me volvió al corazón, con la turbulenta violencia de una inundación, la totalidad de ese inexpresable dolor con que la había contemplado a *ella* amortajada. La noche avanzaba, y todavía con el corazón lleno de amargos pensamientos de la única, la supremamente amada, quedé mirando el cuerpo de Rowena.

Quizá fuera medianoche, tal vez más temprano, o más tarde, porque no era consciente del paso del tiempo, cuando un sollozo bajo, suave, pero muy claro, me despertó de mi ensueño. *Sentí* que venía del lecho de ébano, del lecho de muerte. Escuché en una agonía de terror supersticioso, pero no hubo repetición del sonido. Esforcé la vista para distinguir cualquier movimiento del cadáver, pero no fue perceptible ninguno. Sin embargo, no podía haberme engañado. Sí, *había* oído un ruido, por leve que fuera, y mi alma se despertó dentro de mí. Mantuve con decisión y perseverancia mi atención clavada en el cuerpo. Pasaron muchos minutos antes de que ocurriera ninguna circunstancia que arrojara luz sobre el misterio. Por fin se hizo evidente que un color muy débil, apenas visible, había aparecido sobre las mejillas y junto a las pequeñas venas hundidas de los párpados. Con una especie de indecible horror y espanto, para los que la lengua mortal no tiene expresión suficientemente enérgica, sentí que mi corazón dejaba de latir y que mis miembros quedaban rígidos donde estaban. Sin embargo, el sentido del deber, al fin, obró para devolverme la serenidad. Ya no podía dudar de que nos habíamos precipitado en los preparativos, de que Rowena aún vivía. Era preciso que algo se hiciera de inmediato, pero la torre quedaba lejos de la dependencia de la abadía donde los criados residían. No había ninguno al alcance de mi voz, yo no tenía medio de llamarlos en mi ayuda sin abandonar la habitación varios minutos, y no podía aventurarme a salir. Por eso luché solo en mis intentos de hacer volver el espíritu que aún flotaba cerca. En poco tiempo resultó evidente que había sucedido una recaída: el color desapareció de los párpados y las mejillas, dejándolos más pálidos que el mármol; los labios estaban doblemente marchitos y apretados en la espectral expresión de la muerte; una repulsiva frialdad húmeda se extendió rápidamente por la superficie del cuerpo; y toda la habitual rigidez cadavérica sobrevino de inmediato. Me dejé caer con un estremecimiento en el diván de donde había sido levantado tan bruscamente, y otra vez me entregué a las visiones apasionadas de Ligeia.

Así transcurrió una hora cuando (¿sería posible?) por segunda vez percibí un vago sonido procedente del lugar del lecho. Escuché... con un horror extremo. Se repitió el sonido: fue un suspiro. Corriendo en dirección al cadáver vi, claramente vi, tamblar sus labios. Unos minutos después se relajaron, revelando una línea brillante con el profundo pavor que hasta entonces había reinado solo. Sentía que mi vista se nublaba, que mi corazón erraba; y sólo con un esfuerzo violento logré por fin armarme de valor para emprender la tarea que mi deber me señalaba una vez más. Había a la sazón un cierto rubor sobre la frente y sobre las mejillas y la garganta; un calor perceptible penetraba todo el cuerpo; incluso se notaba un leve latir del corazón. La dama *vivía,* y con redoblado ardor me entregué a la tarea de reanimarla. Froté y bañé sus sienes y sus manos y utilicé cada esfuerzo que la experiencia y no pocas lecturas médicas podían sugerirme. Pero fue en vano. De repente huyó el color, el latir cesó, los labios recobraron la expresión de la muerte y un instante después el cuerpo entero adquirió las características del frío, el color lívido, la intensa rigidez, el contorno sumido y todas las aborrecidas peculiaridades de lo que ha sido, durante muchos días, habitante de la tumba.

Y otra vez me hundí en visiones de Legeia, y otra vez (¿quién se maravilla de que me estremezca mientras escribo?), *otra vez* llegó a mis oídos un leve sollozo desde el lugar del lecho de ébano. Pero ¿por qué detallaré minuciosamente los inexplicables horrores de aquella noche? ¿Por qué me detendré a relatar cómo, una y otra vez, hasta cerca del alba gris, este feísimo drama de resurrección se repitió; cómo cada terrorífica recaída devino en una muerte aún más rigurosa y aparentemente irremediable; cómo cada agonía tuvo el aspecto de una lucha con algún enemigo invisible; y cómo cada lucha seguida por no sé qué extraño cambio en la apariencia del cadáver? Me apresuraré en la conclusión.

La mayor parte de la espantosa noche había pasado, y la que había estado muerta de nuevo se movió, y ahora con más vigor que antes, aunque se despertaba de una extinción más pasmosa que ninguna y más absolutamente sin esperanza. Hacía mucho que yo había dejado de luchar, de moverme, y me quedé sentado rígidamente en la otomana, presa indefensa de un torbellino de emociones violentas, de las cuales el extremo pavor fuera quizá la menos terrible, la menos devoradora. El cadáver, repito, se movía, y ahora con más vigor que antes. Los colores de la vida fluyeron con inusitada energía al rostro, los miembros se relajaron y, salvo que los párpados seguían fuertemente apretados y que las vendas y ropas de la tumba aún prestaban su aspecto sepulcral a la figura, podría haber soñado que Rowena, de veras, se había sacudido totalmente las cadenas de la muerte. Pero si no acepté completamente esta idea ni aun entonces, no pude menos de abandonar mis dudas cuando, levantándose del lecho, tambaleándose con débiles pasos, con los ojos cerrados y con el gesto de alguien perdido entre sueños, aquella cosa amortajada avanzó atrevida y perceptiblemente hacia el centro de la habitación.

No temblé, no me moví, porque una multitud de indecibles fantasías relacionadas con el aire, la estatura y el porte de la figura cruzaron de pronto mi cerebro, me paralizaron, me convirtieron en fría piedra. No me movía, sino que miraba fijamente la aparición. Había un alocado desorden de mis pensamientos, un tumulto incontrolable. ¿Podía ser de verdad Rowena *viva* la que tenía delante? ¿Podía ser realmente Rowena *por entero,* lady Rowena Trevanion, de Tramaine, la de cabellos rubios y azules ojos? ¿Por qué, *por qué* había de dudarlo? La venda ceñía apretadamente la boca, ¿pero entonces podía no ser la boca de la viva dama de Tremaine? Y las mejillas, rosadas como en la plenitud de la vida, sí, éstas podían ser de veras las bellas mejillas de la viviente dama de Tremaine. Y el mentón con sus hoyuelos, como en sus días de salud, ¿podría no ser el suyo? Pero entonces, *¿había crecido ella desde su enfermedad?* ¡Qué inexpresable locura se apoderó de mí con aquel pensamiento! ¡De un salto llegué a sus pies! Encogiéndose ante mi contacto, dejó caer de la cabeza, sueltas, las espectrales vendas que la habían envuelto, y cayó ondeando en la inquieta atmósfera de la habitación una enorme masa de pelo largo y desordenado: *¡era más negro que las alas del cuervo de la medianoche!* Y entonces fueron abriéndose lentamente *los ojos* de la figura que tenía delante de mí. «En esto, por lo menos —grite en voz alta—, nunca podría equivocarme... Estos son los grandes, los negros ojos, los vehementes ojos de mi perdido amor, los de lady..., los de LADY LIGEIA.»

El corazón delator

¡Es verdad! Nervioso, muy, muy nervioso, lo he sido y lo soy; pero ¿por qué *dirán* que estoy loco? El mal ha agudizado mis sentidos, no los ha destruido ni los ha entorpecido. Sobre todo tenía un oído muy fino. Oía todas las cosas del cielo y de la tierra, y además muchas del infierno. Así que ¿cómo voy a estar loco? Atiendan y observen con qué cordura, con qué tranquilidad les puedo contar toda la historia.

Me es imposible decir cómo se me metió por primera vez la idea en la cabeza; pero, una vez dentro, me obsesionaba día y noche. ¿Propósito? Ninguno. ¿Pasión? Descartada. Yo quería al viejo. Nunca me había hecho daño. Nunca me había insultado. Su oro no me atraía. Creo que fue su ojo. ¡Sí, eso fue! Tenía el ojo de un buitre, un ojo azul pálido, velado con una membrana. Cada vez que me echaba la vista encima se me helaba la sangre; y *así* poco a poco —muy paulatinamente— fui tomando la decisión de matar al viejo y con ello librarme del ojo para siempre.

Ahora, fíjense en esto. Ustedes se empeñan en decir que estoy loco. Los locos no saben nada, pero tenían que haberme visto a *mí.* Tenían que haber visto con qué cordura procedí, ¡con qué cautela, con qué previsión, con qué disimulo puse manos a la obra! Jamás fui más amable con el viejo que la semana entera antes de matarlo. Y cada noche, a eso de las doce, hacía girar el picaporte de su puerta y la abría ¡tan despacito! Y luego, cuando la abertura era lo suficientemente grande como para que me cupiera la cabeza, introducía una linterna cerrada, cerrada, cerradísima para que no saliera ninguna luz, y luego metía la cabeza. ¡Oh, se hubieran reído al ver con qué habilidad la metía! La movía despacio, muy, muy despacio, para no turbar el sueño del viejo. Me llevaba una hora meter toda la cabeza por la abertura hasta conseguir verlo echado en la cama. ¿Qué? ¿Un loco hubiera sido capaz de esto? Y entonces, cuando tenía la cabeza completamente dentro del cuarto, abría la linterna cautelosamente —eso sí, con toda cautela (porque las bisagras crujían)—, y la abría justo para que un solo rayito de luz cayera sobre el ojo de buitre. Y así lo hice durante siete largas noches —cada noche exactamente a las doce—, pero siempre encontré el ojo cerrado; y no era el viejo lo que me irritaba, sino su ojo malvado. Y cada mañana, al amanecer, me iba descaradamente a su cuarto y le hablaba tan tranquilo, llamándole por su nombre en tono cordial y preguntándole cómo había pasado la noche. Ya ven ustedes, tenía que haber sido en verdad un viejo muy astuto para sospechar que cada noche, justo a las doce, le contemplaba mientras él dormía.

La octava noche procedí con más cautela que nunca al abrir la puerta. El minutero de un reloj se mueve con más rapidez de lo que se movía mi mano. Jamás hasta aquella noche llegué a *sentir* el alcance de mi propio poder, de mi sagacidad. Apenas podía dominar mi sensación de triunfo. ¡Pensar que yo estaba ahí, abriendo la puerta poco a poco, y que él ni siquiera imaginaba mis actos ni pensamientos más recónditos! Casi tuve que reírme entre dientes al pensarlo; y tal vez me oyera, porque de repente se movió en la cama como si se sobresaltase. ¿Y creen ustedes que me eché atrás? Pues no. Su cuarto estaba tan negro como un pozo, con una densa oscuridad (porque las contraventanas estaban bien cerradas por miedo a los ladrones), y por eso yo sabía que no podía ver la abertura de la puerta y seguí empujándola, empujándola sin cesar.

Ya tenía la cabeza dentro y estaba a punto de abrir la linterna, cuando mi pulgar resbaló en el cierre de lata, y el viejo pegó un salto en la cama gritando: «¿Quién está ahí?»

Me quedé muy quieto sin decir nada. Toda una hora estuve sin mover un solo músculo y durante este tiempo no le oí acostarse. Todavía estaba sentado en la cama, escuchando igual que he hecho yo noche tras noche, escuchando en la pared la carcoma de la muerte.

Al rato oí un leve gemido, y me percaté de que era el gemido de un terror mortal. No era un gemido de dolor ni de pena —ya lo creo que no—, era el sonido sofocado que surge del fondo del alma cuando la oprime un temor reverencial. Conocía bien ese sonido. Muchas noches, exactamente a medianoche, cuando todo el mundo dormía, ha brotado de mi propio pecho, ahondando con su horrible eco los terrores que me enloquecían. Digo que lo conocía bien. Sabía lo que el viejo sentía, y le compadecía, aunque me reía en el fondo de mi corazón. Sabía que él había estado despierto desde que oyó el primer leve ruido, cuando se movió en la cama. Desde entonces el miedo le embargaba cada vez con más fuerza. Intentaba inútilmente convencerse de que era infundado; había estado diciéndose: «No es más que el viento en la chimenea, es sólo un ratón que corre por el suelo», o «es simplemente un grillo que chirrió una sola vez». Sí, había estado tratando de animarse con estas suposiciones, pero se dio cuenta de que todo era en vano. *Todo era en vano;* porque la muerte se le acercaba acechándole con su negra sombra y envolvía a su víctima. Y fue la fúnebre influencia de la invisible sombra lo que le hizo sentir —porque ni la vio ni la oyó—, *sentir* la presencia de mi cabeza dentro del cuarto.

Luego de esperar un buen rato, con mucha paciencia, sin oír que volvía a acostarse, decidí abrir una ranura —pequeña, pequeñísima— en la linterna. Así la abrí —no pueden imginarse con cuantísimo cuidado—, hasta que por fin un rayo muy tenue, como un hilo de araña, salió de la ranura y cayó de lleno sobre el ojo de buitre.

Estaba abierto —muy, muy abierto— y me puse furioso mientras observaba. Lo vi con perfecta claridad todo de un azul apagado, con una horrible membrana que me helaba la sangre en las venas; pero no acerté a ver el resto de la cara ni del cuerpo del viejo; porque había dirigido el rayo, como por instinto, precisamente sobre ese maldito punto.

¿Y no les he dicho ya que lo que ustedes toman equivocadamente por locura nos es más que una exagerada agudeza de los sentidos? Pues resulta que me llegó a los oídos un sonido bajo, sordo y rápido como el que hace un reloj cuando va envuelto en un trapo. De sobra conocía *aquel* sonido también. Era el latir del corazón del viejo. Aumentó aún más mi furia, como el redoblar de los tambores estimula el valor del soldado.

Pero aún entonces me contuve y permanecí inmóvil, casi sin respirar. Mantenía quieta la linterna. Intentaba mantener el rayo lo más fijo posible sobre el ojo. Mientras tanto el infernal tamborilear del corazón aumentaba. Se hacía cada vez más rápido, más fuerte por momentos. ¡El terror del viejo *tuvo* que haber sido enorme! Les digo que cada vez se oía más fuerte. ¿Se enteran? Ya les he dicho que soy nervioso; y es que lo soy. Así que en esa hora siniestra de la noche, en el horrible silencio de aquella vieja casa, un ruido tan extraño como aquél me llenó de un terror incontrolable. Sin embargo, me contuve todavía algunos minutos más y me quedé inmóvil. ¡Pero los latidos se oían cada vez más fuertes, más fuertes! Pensé que el corazón iba a estallar. Y entonces una nueva ansiedad se apoderó de mí: ¡algún vecino podía oír aquel nuevo sonido! ¡Al viejo le había llegado su hora! Con un fuerte alarido abrí la linterna y salté dentro del cuarto. El pegó un grito... sólo uno. En un momento lo tiré al suelo y le eché la pesada cama encima. Entonces sonreí alegremente, al ver que ya iba tan adelantado. Pero, durante muchos minutos, el corazón siguió latiendo con un ruido ahogado. Esto, sin embargo, no me irritaba; no podía oírse a través de la pared. Por fin cesó. El viejo estaba muerto. Quité la cama y examiné el cadáver. Sí, estaba muerto, completamente muerto. Puse mi mano sobre su corazón y la mantuve allí varios minutos. No había ninguna pulsación. Estaba completamente muerto. Su ojo ya no me molestaría más.

Si ustedes creen que estoy loco, cambiarán de opinión en cuanto les describa las sabias precauciones que adopté para esconder el cuerpo. La noche avanzaba y yo actuaba rápidamente, pero en silencio. Primero, despedacé el cadáver. Le corté la cabeza, los brazos y las piernas.

Luego levanté tres tablas del suelo de la habitación y deposité los restos en el hueco. Volví a colocar las tablas con tanta habilidad, con tanta astucia, que ningún ojo humano —ni siquiera el *suyo*— hubiera podido descubrir el menor error. No había nada que lavar —ningún tipo de mancha—, ni rastro de sangre. Buen cuidado había tenido yo de ello: lo había puesto todo en una tina... ¡ja, ja!

Cuando hube terminado todas estas faenas ya eran las cuatro, pero seguía tan oscuro como a medianoche. Al oírse las campanadas de la hora, llamaron a la puerta de la calle. Bajé a abrir tan tranquilo, pues ¿qué podía temer *ya?* Entraron tres hombres y se presentaron, muy cortéstemente, como agentes de policía. Durante la noche, un vecino había oído un grito; se despertaron sospechas de algún delito; presentaron una denuncia en la comisaría y los enviaron a ellos para registrar el lugar.

Sonreí, pues *¿qué* tenía que temer? Di la bienvenida a los caballeros. El grito, les dije, fui yo, soñando. Les conté que el viejo estaba fuera, en el campo. Acompañé a mis visitantes por toda la casa. Les rogué que registraran, que registraran *a fondo*. Y acabé llevándolos a *su cuarto*. Les mostré sus tesoros, intactos, cada uno en su lugar. Entusiasmado al sentirme tan seguro, traje sillas al cuarto y les pedí que descansaran *allí* de su fatiga, mientras yo mismo, con la alocada audacia de mi perfecto triunfo, colocaba mi silla en el mismísimo lugar bajo el cual reposaba el cadáver de la víctima.

Los agentes se mostraban satisfechos. Mi *actitud* les había convencido. Me encontraba especialmente tranquilo. Se sentaron y charlaban de cosas corrientes, mientras yo les contestaba con alegría. Pero al poco rato sentí que empezaba a ponerme pálido y deseé que se marcharan. Me dolía la cabeza y tenía como un zumbido en los oídos; pero ellos seguían allí sentados y charlando. El zumbido se hizo más claro, seguía oyéndolo, sólo que más claro aún; yo hablaba sin parar para acallar esa sensación; pero el zumbido continuaba, cada vez con mayor precisión, hasta que, por fin, descubrí que el ruido *no* estaba dentro de mis oídos.

Sin duda me puse *muy pálido* entonces, pero seguí hablando con mucha labia y en voz bien alta. Sin embargo el sonido aumentaba... ¿y yo qué iba a hacer? Era un sonido *bajo, sordo,* rápido..., semejante al sonido que hace un reloj que va envuelto en un trapo. Yo me ahogaba y, sin embargo, los agentes no oían nada. Hablaba más de prisa, con más vehemencia, pero el ruido seguía creciendo. Me levanté y me puse a discutir sobre trivialidades en un tono estridente y con gestos violentos; pero el ruido seguía creciendo. ¿Por qué no se *marcharían?* Recorrí el cuarto de arriba abajo a grandes zancadas, como si me hubieran puesto furioso los comentarios de aquellos hombres, pero el ruido seguía creciendo. ¡Oh, Dios! ¿Qué *podía* yo hacer? ¡Echaba espuma por la boca, deliraba, maldecía! Agarré la silla en la que había estado sentado y la arrastré por las tablas del suelo, pero el ruido se oía por encima de los demás y seguía creciendo más fuerte..., más fuerte..., *fuertísimo.* Y los hombres seguían charlando tan tranquilos y sonreían. ¿Era posible que no lo oyeran? ¡Santo Cielo! ¡No, no! ¡Lo oían, lo sospechaban, lo *sabían!* ¡Estaban burlándose de mi horror! Eso creí y eso creo aún. ¡Pero cualquier cosa era preferible a aquella agonía! ¡Cualquier cosa sería más tolerable que aquel escarnio! ¡No podía soportar más aquellas sonrisas hipócritas! Me di cuenta de que o me ponía a gritar o me moría, y entonces —otra vez—, ¡escúchenlo, más fuerte, más fuerte, más fuerte, *fuertísimo!*

—¡Malvados! —grité—. ¡Basta ya de disimular! ¡Admito los hechos! ¡Levanten las tablas! ¡Aquí... aquí! ¡Es el latir de su horrible corazón!

Indice